謝之之 著

鏡報文化企業有限公司　出版

本書內容不代表出版機構立場，作者文責自負。

書　　名	**清風裡的愛意**

作　　者	謝之之
責任編輯	鏡報編輯部
設　　計	白宜建
插　　畫	Lydia
出　　版	**鏡報文化企業有限公司** 香港灣仔告士打道227-228 號生和大廈 2 樓全層
發　　行	**聯合新零售（香港）有限公司** 香港新界荃灣德士古道 220-248 號荃灣工業中心16樓
印　　刷	**美雅印刷製本有限公司** 香港九龍官塘榮業街 6 號海濱工業大廈 4 樓 A 室
版　　次	2023 年 7 月第 1 版
規　　格	153mmX230mm
定　　價	港幣 100 元

國際書號　　ISBN 978-962-7315-72-8

清風裡的祝福
願你所期待的未來
就是現在。

——陳月明　　　張　然
香港立法會議員　香港新青會主席

目錄

序言

郭一鳴

清風吹過，歲月如歌

　　認識之之是十幾年前到某電視台做嘉賓評論員，這家總部在九龍灣的衛星電視台，有一檔時事評論節目逢週一至週五播出，我差不多是每週去一次，偶爾去兩次，這個節目有三位女主持人，之之是其中一個。之之給我的印象是聰明、反應快。有些新聞剛發生我們就要評論，而她總是能拋出問題、問到要點。之之的普通話帶有北京口音，她的主持風格也有北方女孩的特點：舉止大方、問題直接。總之每次和她合作都很順暢、很愉快。可惜後來這檔節目取消了，再後來聽說電視台換了老闆，之之和其他幾個主持人以及節目編輯陸續離開，有的人跳槽，有的人改行。

　　我知道之之喜歡做新聞，特別是喜歡做電視新聞，但這年頭新聞這碗飯不好吃，無論電視台、報紙這類傳統媒體，還是網絡媒體自媒體，日子都不好過，不少像她這樣的年輕人都改了行。兩年前之之成為一名議員助理，每天不是到立法會大樓上班，就是陪議員參加各種活動，或者到社區基層了解民情民意，角色變化有點大，而作為一名北京長大的港漂，語言、風俗、歷史等方面的挑戰更是不少，她最初有點擔心能否適應新環境，但下了決心之後，就迎難而上，逐漸進入新角色，看得出現在很享受這份工作的樂趣。

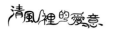

　　我認為，之之的可塑性不僅因為年輕，更主要是得力於她受過良好的專業訓練和擁有傳媒工作經驗，她不僅能做主持人，也能寫稿，不僅能寫新聞稿，還能寫散文。當她告訴我，她的散文集《清風裡的愛意》即將出集，希望我寫幾話當作鼓勵，我欣然應允。一個優秀的傳媒人，即使改了行，有些習慣卻很難改，例如喜歡寫作。希望之之繼續保持寫作的習慣，記錄如歌歲月，抒寫如潮大愛。

2023 年 6 月 11 日於維港灣

（ 郭一鳴為香港新聞工作者聯會副主席 ）

書評

梅 真

下午茶小說

這是一部下午茶小說。

如果你喜歡閱讀，想看愛情小說，但時間有限，長篇的總是沒辦法堅持看完，網絡小說看起來又太過離地，既套路又不現實，那麼之之的小說妳一定會喜歡。她的小說好像香港的茶餐廳，用一個下午茶的時間品嚐一下，每一篇都不長不短剛剛好，可以滿足你各種傳統固定口味的溫飽，又可以滿足你隨意搭配的情緒價值需要。正如她在導語中所說：「每個人的人生是不同的，感情也是不同的。沒有兩片相同形狀的雲，也沒有一成不變的天空，這才有了多彩的世界。」

之之筆下的愛情故事，像是車仔麵，愛情是湯底。命運就像是各種粗麵、幼麵、公仔麵、米粉，有寬有窄，有直有彎，故事裡的幾對男女，就是各種丸子、肉類、蔬菜、佐料的搭配：

有的葷素搭配，味道口感貼合，吃了很多年也不改變；有的清湯寡水，食之無味，棄之卻又可惜。比如《鎖住的人生》。

有的辛辣刺激，給平凡的味蕾以跳起慾望之舞的機會；有的鮮香可口，浪漫的味道讓人上癮。比如《錯的時間遇到對的人》。

有的人餓極了來一碗，便滿足身體慾望所需；有的人一直懷揣着初心，難以滿足精神慾望所需。比如《人生若只記得初見》。

3

之之的愛情故事，又像是外酥內軟、甜而不膩的菠蘿油，可以平凡而不奢侈地享用，那味道可以用一生去記憶。比如《用一生換來自己》。

有的愛情故事好像是奶茶，苦澀中帶着香甜。從戀愛到婚姻，往往是先甜後苦，到現實生活已經沒有糖可以加了的時候，已經加入了多少無關是非對錯的柴米油鹽啊！比如《終於所愛》。

有的故事好像是一個不帶婚姻這個米飯主食的牛扒套餐，牛扒的肉香就是戀愛的味道，但每個人需要的成熟度不同，你七分，我五分，他九分，就吃不到一個盤子裡。比如《不婚主義》。有的愛情又好像是一碗芒果椰汁西米露，平平無奇的主角總是努力給自己、給生活不斷地加上各種更美好的味道，讓愛情變得美味。比如《鼓起勇氣去愛》。

有的愛情就好像那碗杏仁豬肺排骨老火靚湯，越熬越融為一體，從友誼變成愛情，經過了多少曖昧和磨合啊！比如《純潔的友誼》。

很多愛情故事最終都好像是已經離去了的廚師手中再也做不出的菜，往事只能回味，只能懷念。比如《思念如秋水煙波》。

與其說這是一部短篇小說集，不如說是很多篇長篇小說的精華版。敘事節奏緊湊，沒有一句廢話，不無病呻吟，也不矯揉造作，但是浪漫委婉又簡單直白之處，還是有張小嫻的影子。

若每天讀一個書中的故事作為下午茶，我想你不會虛度這個下午。之之的小說，請允許我，從此命名為《下午茶小說》。

（梅真為文學評論家、作家、學者、著名填詞人）

導語

每個人的人生是不同的，感情也是不同的。

沒有兩片相同形狀的雲，也沒有一成不變的天空，這才有了多彩的世界。

一盞茶，初嚐時苦，苦盡了又別有一番清香。慢慢地，清香也變淡了，澀澀的，沒有了味道。只剩下幾片泡發了的葉子，在清澈透明的水裡沉着。

一壺酒，剛飲時辣，來不及品，催着它進了喉舌。咕咚一聲，如涼水般，打了下去。先是胃裡一沉，然後火辣辣的感覺從胃裡直竄到眼舌口鼻，差點就眼淚鼻涕亂流了。回了回神，渾身一暖，短暫的舒暢過後，意猶未盡。

或飲茶，或飲酒，各有各的味道，又偏偏只能獨享。

講起人生和命運，左右離不開一個「情」字，有的「情」像宇宙，成為了永恆；有的「情」像流光，轉瞬即逝。不同的「情」總有不同的歸宿。

終於所愛

終於，有了所愛的人。終於愛上了，所愛的人。

馬達和佳欣，從小不分你我，青梅竹馬。每到了冬天，經常因為鼻涕吐嚕吐嚕橫流而相互嘲笑，又為對方遞上紙巾。高中時進了同一所學校，兩人的感情更加深厚。

一次偶然，遇到了校園霸凌，路見不平一聲吼，吼完拔腿就跑，但也嚇得壞人頭都沒敢回，連滾帶爬的就逃了，看得兩位「俠客」和一位受害者愣了好一會兒。當時場面有點狼狽，三人相視稍露尷尬又不失禮貌的笑容。也因此，認識了長相優、學習棒的隔壁班同學——紫嫣。

馬達對紫嫣一見鍾情，不停的圍着紫嫣轉了好幾年，終於，兩人不但上了同一所大學，還如願以償的確認了男女朋友關係。畢業，實習，找工作，他們的戀愛生命長達 10 年，兩人經常見面，一邊吐槽各自的生活，一邊訴說着自己的愛意。

紫嫣學的是舞蹈專業，舞姿優美、容貌姣好，畢業後順利進入了舞團。馬達畢業後則是轉行，進入了金融行業，一心想要為紫嫣創造更加優越的生活環境。而佳欣一直是學霸，更如願進入了某家上市公司做

人力資源。

　　10 年的感情，早就沒了驚喜，日子一眼就望到了頭。愛情變成了生活，浪漫變成了瑣碎的大事小情。

　　儘管馬達一直盡心盡力，可紫嫣覺得，也許是對的時間錯過了，不想錯過的時候一切又不對了。她覺得自己的愛變成了生活中的慵懶，甚至懷疑自己還有沒有愛的能力。直到她認識了舞團的贊助商，玩具公司老闆杜鵬飛。他儒雅、談吐不俗、懂生活，無論是硬件還是軟件都無懈可擊，紫嫣的心再次燃了起來，不再眷戀馬達對她的好而捨不得鬆手，亦不再對淡去的感情念念不忘。一場令人期待的愛情盛宴會如約而至嗎？是你期待的模樣嗎？

　　杜鵬飛是個結了婚的男人，妻子是大學同學，還有一個可愛的女兒。兩人攜手走過杜鵬飛艱難的創業階段，感情深厚。可隨着杜鵬飛的工作越加忙碌，妻子陳麗的重心主要放在了家庭。她自小是孤兒，無依無靠，憑着自己的努力考上大學，獨立，自尊心強，她的經歷和遭遇讓她一直缺乏安全感，在家裡的日子她漸漸開始疑神疑鬼，不自信，脾氣變得越來越暴躁。杜鵬飛深愛着妻子，每每想起與妻子一起創業、一起度過的艱難時光，深感自責。他認為妻子的轉變與自己顧家太少有關，他開始一邊努力經營公司，又爭取盡力滿足妻子的要求，照顧妻子的情緒，但都未見起色。蠟燭兩頭燒，總有燃盡的時候，身心疲憊，日子卻也只能這樣過着。

　　不知道為什麼，杜鵬飛在認識紫嫣後，整個人都放鬆了，只要和紫嫣在一起，就會有一種雲淡風輕的感覺。儘管責任讓他一開始不願意承認，可紫嫣的簡單讓他如釋重負，他渴望和紫嫣在一起的時光，而面對陳麗，他依然自責，糾結，自己心中的那個男孩想要逃避，別人眼中的這個成功男人又必須面對。

　　紫嫣、杜鵬飛、馬達都希望這段或開始或終結的時光可以走得快些。馬達早已感受到這段感情越來越淡，自己無論作何努力，都無法阻止兩人的心越離越遠。他久久無法釋懷，睜眼、閉眼、走路、發呆，腦海裡的紫嫣總是揮之不去，一顰一笑、一舉一動，都在不停地重播，黯然神傷。

　　馬達有個姐姐馬楠，他的這些同學朋友，馬楠幾乎都認識。姐弟倆一同在這座城市打拼，馬達畢業後的轉行也是多虧了姐姐的幫助。馬楠是重點大學畢業，國外深造後回國，世界五百強金融集團大中華區高管。她洞察力了得，為人通透，言語表達犀利。馬達和紫嫣的這十年，馬楠沒少跟進度，也經常會和紫嫣聊天逛街，早都看透一切。她常對馬達說，將就着的感情，得到也形同失去，何苦為難自己。在姐姐的勸說下，馬達極力克制着自己不去糾纏紫嫣。

　　馬達和佳欣見面，經常有意無意的說起紫嫣，自從情感失意後，更是將佳欣當成了「樹洞」，把煩惱一股腦地倒了進去。佳欣聽到紫嫣插足別人家庭，十分厭惡。因為自己就是受害者，爸爸就是因為外遇和

媽媽離婚的，並且這些年佳欣的感情也一直不順，和男朋友周仁交往了很多年，周仁事業做的很大，歲數也比佳欣大9歲，從不和佳欣提結婚，外面的曖昧對象也被佳欣發現過幾次。

佳欣和紫嫣有次見面，大吵一架。佳欣不齒紫嫣插足的行為，紫嫣瞧不起佳欣拿不起放不下的懦弱，兩人把難聽的話都說了，瘋狂的撕扯着彼此的情誼。

紫嫣舞團的競爭也十分激烈，無論是馬達百分百的男友力，還是杜鵬飛的事業有成氣質非凡，一直和紫嫣暗自較勁的舞團競爭者李丹都看在眼裡，她嫉妒紫嫣被那麼好的男人愛，嫉妒紫嫣在舞團備受肯定。在得知紫嫣和杜鵬飛的事情後，她偷偷拍下了他們約會的證據，寄給了杜鵬飛的妻子陳麗，陳麗找到了紫嫣。

陳麗早就察覺了杜鵬飛的變化，只是多年的感情和共同的女兒，讓她無法割捨。她明白，杜鵬飛對她的愛早已變為了感激。和紫嫣相聊以後，陳麗認清了現實。陳麗選擇了離婚，帶着鵬飛集團的部分資產去了海外。

在外界看來，紫嫣是破壞別人家庭的小三，居心不良的女人。社會的指責對集團的影響太大，迫使杜鵬飛和紫嫣斷了聯繫。女兒吳晶更是把紫嫣視為破壞自己家庭的仇人，雖然陳麗盡力解釋，但對爸爸的背叛依然無法接受。

佳欣得知杜鵬飛妻子是在與紫嫣見面後才離婚的，為這個曾經的

好朋友感到不恥，經常在周仁面前發牢騷，訴說着紫嫣如何破壞別人感情，如何不珍惜馬達的愛。馬達擔心紫嫣的情緒和身體，又對紫嫣的拋棄耿耿於懷，另一方面又重燃了想要與紫嫣復合的心。

李丹在知道陳麗沒了家庭，一個人去往海外後，嫉妒心少了些，也有短暫的愧疚和自責，可很快就把目光瞄準了舞團首席的爭奪。因為紫嫣的情緒明顯受到了很大影響，這對她來說是一個難得的機會。沒錯，李丹成功了。

一年半後。

紫嫣和馬楠相約去藝術學院的小劇場看話劇，在學院門口看到了杜鵬飛和女兒吳晶還有吳晶的表演課老師田浩。紫嫣和杜鵬飛的眼神都無法從對方身上離開，另一邊的馬楠和田浩很自然得聊了起來。那時候的田浩和馬楠的關係還沒有確立，屬於戀人未滿，田浩比馬楠小 5 歲。

這次見面後杜鵬飛和紫嫣又開始偶爾聯繫。

馬楠和田浩的關係也有發展，儘管是姐弟戀，儘管兩個人的行業、涉及的領域完全不同，卻並不影響他們走到一起。

杜鵬飛和紫嫣聯繫後，紫嫣的生活又被點亮了，整個人都恢復了元氣，在舞團的新劇中還擔當了主演，而李丹卻因為沒經過舞團同意接私活，讓領導很不滿意。

紫嫣的工作眼看就要有晉升的機會了，可杜鵬飛的公司卻出現了嚴重的危機。玩具公司的一間佔有股份的原材料供應商出現了資金鏈斷

裂，無法及時供貨，導致生廠商停產，杜鵬飛只好向原材料公司打款填補虧空希望盡快恢復供貨，可誰知道，原材料公司隱瞞情況，實際上早已外債過多。

冰凍三尺非一日之寒，打款後沒多久又出現無法供貨的狀況，玩具公司的產品大多是用來出口，客戶穩定，要求也很高，臨時更換供應商並非易事，就在資金鏈已經不堪一擊時。周仁看準時機出手，讓杜鵬飛雪上加霜。

原本就對紫嫣有意見的佳欣，從馬達那裡知道杜鵬飛和紫嫣又恢復聯繫後，時常和周仁說，杜鵬飛不是東西，老婆都被逼死了，還和紫嫣藕斷絲連，虧他是個老闆，也配。周仁卻並不關心紫嫣和杜鵬飛的關係，也沒在意佳欣渴望婚姻的眼神，對於他來說生意就是最大。他的公司是做金融資本運作，比較擅長的就是收購打包資金鏈斷裂的企業，讓企業進入託管狀態，如果託管成功就會簽訂接管合同。在得知杜鵬飛的公司遭遇危機後，他落井下石，從中獲利。

周仁先是找到馬達，他知道馬達對杜鵬飛的憎惡，對紫嫣的愛慕，也知道馬達在金融界並非順風順水，事業也算不上成功，要想超過杜鵬飛，這是最好的機會。馬達答應了。

紫嫣擔心四面楚歌的杜鵬飛，她毅然放棄了舞團的工作，希望能全身心的幫助杜鵬飛渡過難關。她首先想到了馬楠，通過馬楠的多方打聽得知，想搞垮杜鵬飛的就是佳欣的男朋友周仁，而馬達也在其中。馬

楠有豐富的看人看事的經驗和手段，堅信弟弟一定是被利用了。馬楠一方面找資金，一方面先和佳欣見了面。佳欣全然不知周仁的所作所為，一直以來她都只是發發牢騷，從沒有想過要扳倒誰，她還在擔心紫嫣的處境。同時馬楠試圖說服弟弟停手，可馬達雖然一直都在猶豫但愛與恨沖昏了他的頭腦，依然沒有收手的意思，更是避免與馬楠和紫嫣見面。

佳欣知道紫嫣辭去舞團工作一心幫助杜鵬飛後，回想之前對她的怨恨她只覺得無論大家現在生疏成什麼樣子，曾經對彼此的好都是真的，可曾經的真，難道就這麼不值得一提嗎？

佳欣和紫嫣見面了，紫嫣瘦了很多，因為杜鵬飛的事心力交瘁，點了一桌子的菜沒吃幾口，酒倒是喝了不少。這一晚她們敞開心扉，兩個人都喝多了，在餐廳裡你一句我一句，眼看着要打烊了，佳欣叫來了馬達。

馬達攙扶着紫嫣，紫嫣哭着說了很多很多，說她愛杜鵬飛，對不起馬達，看着無力起身、跪在地上，眼淚、鼻涕泗流的紫嫣，馬達被觸動了。他從崩潰的紫嫣身上看到了猙獰的自己，他心疼、難過，愧疚又不甘，別是一般滋味在心頭。

那一晚後，佳欣氣沖沖找到周仁。在周仁眼裡，這種廉價的友誼，很可笑。在他們的爭吵中，周仁一個耳光扇的佳欣耳朵嗡嗡做響，慶倖的是，這一巴掌讓佳欣如夢初醒，終於明白她一直根據過去憧憬未來，卻模糊了現在。

　　馬達最終決定不再幫助周仁，他知道周仁做事並不乾淨，鑽政策空子，甚至觸犯了法律，馬達坦白一切，將周仁的所作所為都告知了姐姐。

　　最終杜鵬飛將公司的部分股權轉讓給了新的投資者，在投資者的幫助下填補了原材料供應商的虧空償還了債務，並獲任親自管理該公司的一切事務。

　　原本在田浩那裡學表演的杜鵬飛女兒吳晶，因為知道老師與紫嫣認識，後來就沒再去上課，她本來一心想着畢業了就去紐約學表演，學電影，可爸爸一直在為公司的事奔波，精力、財力都有限。而這段時間，爸爸再忙都盡量回家陪她。因為各種原因爸爸和紫嫣一直沒有確定關係，爸爸遭遇了很多困難甚至是絕境，紫嫣依然不離不棄的陪伴爸爸，吳晶被感動了。她回到田浩那裡上課，在一堂有關心理和情緒表達的課上，她滿腦子都是海外的媽媽，因為媽媽離開前的情緒一直不穩定。那種真實的表現，儘管給吳晶的表演帶來了幫助，可畢竟還是個孩子的她卻無法控制情緒。表演結束後，吳晶崩潰到大哭，她不明白，好好的家庭，為什麼會變成了這樣。直到田浩耐下心來給她疏導的一番話。

　　田浩告訴她，她的媽媽，是個母親的同時，也是個女人。每個人都有終結不幸和追求幸福的權利。既是離婚了，她的媽媽依然是她的媽媽，只是她的爸爸媽媽不會恩愛了，但仍然會一如既往的愛她。

　　吳晶雖然不經人事，但因為學表演的關係，懂得了很多感情上的

事情。她也明白，父母早已沒有了感情，所謂的家庭也只是個形式而已。母親本來是個商場精英，自從有了自己以後，不得不做了全職太太，時常因此而抱怨。母親是愛她的，但也有自己的夢想和感情，有形無實的家庭或許比離婚帶來的傷害更大。

一年後。

吳晶在機場與紫嫣、杜鵬飛、馬楠和田浩告別，她踏上了飛往紐約的飛機。她對父母的事情已經放下，她想媽媽了。聽說，陳麗在美國也有了自己的事業，還和一個外國人組建了家庭，生活得很幸福。

周仁因為公司非法經營被調查。李丹依然在舞團掙扎，隨着年齡的增長，新的競爭對手加入，她的優勢早已不在。

佳欣每天打扮得時髦洋氣，有着人生如逆旅，我亦是行人的瀟灑，追她的男生可真不少。馬達也終於在金融業裡小有成就，對於他來說，當下的生活很好，是無數人羨慕的生活。佳欣和馬達依然無話不聊，兩人後來都各自交過幾個男女朋友，發展得快，分開得也快。一次酒醉的誤會，最終走到了一起。他們這才明白，真正值得在乎的，就在身邊。

田浩和馬楠像是一對歡喜冤家。田浩好像一個長不大的男孩，馬楠時常因為雞毛蒜皮的小事和他吵吵鬧鬧，這是他們獨特的相處方式，兩人有一天如果不吵了，可能也就分開了。

杜鵬飛的事業沒有過去那麼風生水起，傷了筋骨。他和紫嫣，千回百轉，彼此只剩下了兩個心願——你在身邊、在你身邊。

　　幾人偶爾小聚，失而復得和虛驚一場大概是這個世界上最美好的兩個詞。曾經以為，浮生若夢，別多會少，不如莫遇，可現在——人生樂在相遇、相知，足矣。

　　人生或許不是我們期盼的那場宴會，可既然來了，就隨着起舞吧！

鎖住的人生

「你知道嗎？我剛去的時候，覺得那裡好偏僻，後來才知道，這個英國小鎮挺有故事。」

刺眼的陽光從窗外打了進來，我看着璇妮一邊大口吃着午餐，一邊跟我聊起了她以前在英國的生活。

「《Scarborough Fair》這首歌我第一次知道是因為美國電影《畢業生》，後來莎拉 布萊曼也翻唱過，所以紅極一時，寫的就是那個地方呢。

中文叫斯卡布羅（Scarborough），在英格蘭北約克郡，歌呢，就是描述了從前繁華的斯卡布羅集市發生過的感傷愛情故事。」

「你是準備跟我講這個故事嗎？」我喝着伯爵紅茶，四處張望，漫不經心。

「哎，知道你也沒興趣。」璇妮放下刀叉，隨手從包裡拿出煙，抽了幾口。

我有點驚訝，正打算開口問，她對我淡淡一笑。

璇妮，19歲和幾個香港同學一起來到了斯卡布羅的赫爾大學讀書，大學時光總是充滿期待，尤其是男女生宿舍居然在同一座大樓裡。

　　四個女生嘰嘰喳喳討論着對面到底會住什麼人。不久，四位頭帶白紗穿着奇特的男生拖着行李有說有笑走了進去。女孩們的第一反應是立刻關門，感覺距離「恐怖主義」又近了一步，既好奇又不知所措。慢慢拉開門，四個腦袋疊在門縫中，看着四位白紗男子正跪在地上向着一個方向行大禮。他們到底在幹嗎？是哪裡人啊？

　　「Hi，你們好，我們是來自阿拉伯的同學，認識你們很高興。」

　　疊在門縫的四個腦袋，立刻放平，打開門。一邊整理自己的衣着，一邊用不太流利的英語相互問好。對於四位來自亞洲的小女生來說，面對着帶神秘色彩、還算帥氣的中東男子，慌張是掩飾不住的。

　　「還有麻煩你們，我們共用的冰箱裡，還請不要放豬肉，謝謝，有時間可以多交流。」

　　女生對於這樣的提醒，有些蒙圈，又覺得有趣。阿拉伯人，信奉伊斯蘭教，禁食豬肉那是必然。

　　由於住的近，平時生活接觸多了，大家就自然熟絡起來，璇妮和胡森關係挺好，兩個人經常在一起聊天。有個有趣的現象，那時候大家英文都不好，卻可以天南海北的聊起來，而且越聊興致越高。

　　璇妮是個勤奮的女生，在英國讀書的日子裡，經常去勤工儉學。她每晚在餐館幫忙炸土豆，總是最後一個帶着油炸味道回到寢室的人，每次都能看到胡森，兩個人越聊越近，越聊越投緣。這是一種奇怪的感覺，很美好，淡淡的，甜甜的，說不清楚的，但是想要一直存在的，各

17

自回房間躺在床上時，想起了還會嘴角上揚的感覺。

胡森人很好，個子很高，人很帥，為人處世彬彬有禮，紳士風度，開朗的他自然也非常有人緣。

那時候會經常約出去一起玩，後來璇妮才知道，胡森在沙特已經有女朋友了，即使這樣，也沒有影響兩人的相處。這就是人生若只如初見，最初的美好是永遠無法忘卻的。

第一次放假，璇妮回到了香港，胡森回到了沙特，兩個人的情愫越發得深刻，電話兩頭常常是說不完的再見，放下電話又常常是用被子蓋住頭，自己都覺得傻傻得笑着。

放假回來，胡森說他分手了。璇妮故作鎮定，安慰的話沒有多說，只管在一起繼續享受美好的大學時光。

他們總是互稱 honey 尋開心。有一次在街頭，微風吹來有些涼，喧囂的街道，隨處都可以看到青年男女親吻相擁的浪漫場景，璇妮和胡森一起並肩有說有笑的走着。

「Honey.」

「Honey.」

兩個人好像中了彼此的毒，笑得停不下來。

「Honey，冷不冷？」胡森故作深情的問。

「嗯。」璇妮輕聲呢喃。

兩個人的手五指相扣，緊緊拉在了一起。街頭的流浪歌手唱着《I

don't want to miss a thing》。雖然一首不對的歌在不對的時間響起，但此刻，對於他們來說，就是對的時間、對的地點，以及，對的人。一切都是那麼的剛剛好。

胡森一身筆挺的西裝，鋥亮的皮鞋，正式而莊重的出現在璇妮的面前。璇妮眉毛打着彎兒，眼含秋波，捂着嘴笑了下。然後又立刻收起自己的表情，同樣莊重而又禮貌的說：「胡森先生，請稍等哦。」

兩個人始終在傻傻地笑着，手拉的緊緊的，穿着隆重在印度餐館共同享受了一頓美好的燭光晚餐。兩個人像掉進了蜜罐裡，全世界只剩下他們兩人，在甜蜜快樂的海洋裡牽手、親吻，相望相守。

自駕環遊了英國，盡情的享受着清春，在每一個美好的瞬間都留下了他們共同的印記。

胡森將璇妮帶到了阿拉伯社區酒店，送上一條蘊含着愛的溫度的

心形項鍊。這是生命中的溫度，人生中的溫情，無法忘記，匆匆消失在歲月裡，卻留在了彼此的心裡。

匆匆三年，一個電話將硬漢般的阿拉伯男兒擊毀。

胡森的媽媽知道了兩人的事情，明確態度——不同意，要胡森回去和表妹成婚。

璇妮的大腦瞬間充了血，「嗡」的一下，心臟更是「咯噔咯噔」的不停跳着，有些癱軟的扶着桌子坐了下來。眼裡一粒一粒從眼眶裡掉落下來。兩人抱在一起，撕心裂肺的大哭。

在沙特的傳統家族裡，嫁娶不由己，基本都是父母做主。選擇結婚伴侶的原則一直遵循，家族內部挑選。大多數人認為，表兄妹是最佳配偶，其次是部落裡的親戚。宗教信仰、家族傳統、文化差異，像一堵無法跨越的屏障，生生的隔開了璇妮和胡森。

璇妮拉起胡森在海邊漫步，吹着海風，漫無目的地走着。誰也不敢說話，只有淚水在眼眶裡不停的打轉。

璇妮是一個堅強的女孩，她不停的暗示自己，努力想控制情緒，但心還是痛的無法呼吸。她仰望天空，天還是那麼的藍，海鷗還是那麼的自在，望瞭望身邊，他至少現在還在，現在還在……眼前一黑，璇妮暈倒了，眼角的淚水和海水交融在了一起。

醒來的時候，璇妮在胡森的懷裡，胡森擔心的望着她：「還好嗎？我在。」

「胡森，我們不分開可以嗎？我們就走到可以在一起的最後一天，可以嗎？可以嗎？」她滿臉淚水。

「嗯。」胡森用力地點頭。

如果不能留住你，我會選擇好好的愛你。

在接下來的日子裡，兩人報名了歐美學生背包團，遊歷了歐洲八個國家，兩個人用一個水壺，一雙手套，形影不離。

璇妮的幸福好像被擱淺了，或許最難過的事，莫過於當你遇上一個特別的人，卻明白永遠不可能在一起，或遲或早，你不得不放棄。

又是一個離別的假期，一天的航班，兩個人都很壓抑，誰也不想先提出分手。

胡森的航班比璇妮早，緊緊地相擁後，兩個淚人揮手告別，璇妮含淚微笑着看他低頭遠去。時間似乎靜止了，她站在那裡一動不動，直到胡森消失在視野裡。她緩緩地轉身，跟蹌地走到自己的機口，消失的胡森跑了過來，一把從背後抱住了她。《I don't want to miss a thing》旁邊的餐廳又響起了這首熟悉的歌，眼淚滴滴答答，數不盡的牽掛。若是從沒有品嚐過溫暖的感覺，也許不會這樣寒冷；若是從沒有感受過這份甜美的愛，也許就不會這樣的痛苦。

回到家的這些天，每到夜晚，璇妮都會蜷縮在媽媽的身旁，她不敢獨自睡去，一個人的夜晚，太冷。媽媽沒有問一句話，像什麼都知道了，又像什麼都不知道，默默地陪伴着自己的女兒。

就像是午夜十二點的鐘聲，不得不等待，又令人恐懼。

胡森給璇妮打來了電話，訣別。

璇妮的情緒再也無法壓抑，仿佛是一股水流從胸腔往外湧，雙拳緊緊地握住，腦袋裡一片空白。

璇妮一連幾天吃不下飯，睡不着覺，日漸憔悴的她，看到同樣憔悴卻一言不發的母親，生活還要繼續。

整理好情緒的璇妮，再次搭上了前往英倫求學的飛機，大學已經畢業，那個有故事的斯卡布羅小鎮，成為了璇妮壓在心底的故事。璇妮搬到了另外一個城市，開始了新的課程。一個人的生活是多麼的難熬，璇妮遇到過不少男生，但最終一切都是過客。

我：「我的天，你都把我說哭了。」

「嗨，都過去了。」璇妮又點起一根煙，抽了幾口，繼續說：「我現在挺好的，過段時間要去潛水了，多自由啊。」她開心的笑起來。

璇妮這兩年經歷了一段不太愉快的婚姻，前夫酒後對她施暴，今天剛剛結束了她們的婚姻關係。

木心先生說：從前的日子變得慢，車，馬，郵件都慢，一生只夠愛一個人；從前的鎖也好看，鑰匙精美有樣子，你鎖了，人家就懂了。

這麼多年，很多人都變了。只有璇妮，生活在變，但人卻一點都沒變，直到現在她還在找尋着自己的愛情，她說想要擁有幸福的前提是，你要相信美好。

人生若只記得初見

　　上世紀 70 年代中後期，上山下鄉運動到了尾聲，開始允許知識青年以就業、從軍、考試、病退等各種各樣名目繁多的名義逐步返回城市。

　　由於家庭成員的關係，我還是免不了要到郊區插隊，而她，留在了城市。

　　溫玥從小和我一起長大，溫和、穩重、善良。不過沒想到她後來的日子會有如此多的波瀾。

　　溫玥是個很好的女孩，圓臉，個子不高，長相普通但有親和力，人緣不錯，總是笑咪咪的。溫玥和我住的很近，她經常來他家蹭飯串門，慢慢兩人變得無話不說，成為了很要好的朋友。

　　但是直到現在幾十年過去了，兩人之間總是有這樣一件事，我對這件事總是小心翼翼的，不敢多問，而溫玥卻又從不主動提起，這一直是我的心結。

　　那是初中的時候，我和溫玥一直和班上的語文老師錦宇關係不錯。錦宇算是個文青，看起來一身的書生氣，溫文爾雅。那是 70 年代，百姓淳樸，純情中又夾雜着新潮。對於當時的初中生來說，學習是一件光

23

榮而奢侈的事情。每個學生都埋頭學習，刻苦讀書，無論多麼認真也無法阻擋青春期的到來。

　　錦宇作為語文班主任，既有文采又有威嚴，是不少學生崇拜的對象，更有很多女學生暗自傾心。我一門心思都在學習上，並沒有覺察出錦宇過於頻繁的找溫玥談話，是有什麼異常。

　　到了高中，十六七歲的年紀，錦宇經常找我詢問溫玥的近況，溫玥也時常提起錦宇。我好像感覺到了什麼。雖然，每次也會告訴溫玥，錦宇在找她，看到溫玥欲語還休的樣子，想到了某可能，卻又覺得是自己多想了。錦宇是個已經結婚的男人，有家庭有孩子，溫玥自小家教不差，也算是個乖乖女，有些事情應該不會發生。

　　高中畢業後，我到附近的鄉下去插隊，溫玥卻不知道找了什麼路子，留在了城市。我的心裡很不舒服，走的時候也沒和溫玥道別，直到工作，兩人都斷了聯繫。我後來試着找過溫玥，都沒有音信，只是偶爾會從同學那裡聽到一些。

　　直到五年後的一天。

　　溫玥主動聯繫我，告訴我，她要結婚了。我先是驚喜，從小一起長大的好夥伴還沒忘了他；後又是驚心，成為我心結的那件事終於被揭開。

　　溫玥的未婚夫是錦文，錦宇的弟弟，一個需要輪椅和拐杖支撐的殘疾人。這麼多年，在溫玥身上都發生了什麼？

　　溫玥和她媽媽的關係並不好，她媽媽從來都看不上溫玥的秉性和

行為，是個比較自我的人。

溫玥媽媽見到我後，就開始倒苦水，非常惱怒溫玥嫁了個身體殘疾、生活不能自理，還大她八歲的男人，大發雷霆，揚言要去把錦文他家給砸了，講到傷心處更是痛哭流涕。

溫玥的親朋好友都和她的媽媽一樣，很不理解溫玥的行為，然而誰也無法阻止這段婚姻。常聽人說，錦文的才華不輸於錦宇，在雜誌上發表過很多文章，但當溫玥跟我講起時，顯然是言不由心的，說起錦文的才華，她的眼神更是飄忽不定。

溫玥說，那年初中，在錦宇家裡遇到了錦文，當時錦文身體還很健康，二十來歲的年紀，陽光帥氣，溫玥被錦文的樣貌和才華深深吸引。

教學宿舍就在學校內，錦文長期住在哥哥錦宇的家裡。也因為位置上的便利，溫玥總是常常跑去找錦文聊天。錦文的言談舉止，讓溫玥愛上了這個文藝青年。作為溫玥的班主任，同時也是錦文的哥哥，錦宇自然是不同意的，三番五次的找溫玥談話，不斷強調早戀的危害，更是堅決反對錦文和溫玥有所聯繫。

溫玥上了高中以後，錦文突然有一天找到了她。突然的表白，讓溫玥先驚後喜，兩人就此進入了甜蜜的戀愛期。錦宇多次勸說錦文和溫玥無果後，用盡家財和關係，將錦文送往了國外學習深造。

溫玥並沒有放棄這段感情，一邊學習、工作，一邊等着錦文回國的一天。多年的等待，終於有了結果，心愛的人回了國，不幸的是，此

時的錦文因為意外造成了殘疾，性情大變。

溫玥看着昔日的戀人成為了這般樣子，傷心欲絕。她忍受着錦文的暴躁和焦慮，悉心照料，終於溫暖了錦文，讓錦文拾起了生活的信心。錦文在溫玥的鼓勵下，成為了一名勵志作家，文章常常發表在各種雜誌上，小有名氣。錦宇也被溫玥所感動，不再阻止兩人的戀愛。

就這樣，錦文靠着自己的努力，成立了一家文化公司，還在城裡買了一套房子，過上了和溫玥的二人世界。兩人相互扶持，共同生活，也終於有了結婚的打算。

聽完了溫玥所講，我也被這段充滿曲折、忠貞不渝的愛情所感動。

很快，溫玥不顧眾人的反對，和錦文正式結婚了。婚禮上，溫玥的家人沒有一個到場，只有我和她的幾個同事。似乎這段不被祝福的婚姻，走上了幸福的道路。

我曾去過溫玥的家裡作客，看着溫玥細心伺候着無法自理的錦文洗漱，那畫面真的是令我印象深刻、無法忘記，或許這就是不離不棄的真正含義吧。

有誰能想到，這段本該走向幸福、白頭偕老的感情，結婚後不到三年就走到了盡頭。

溫玥和錦文結婚後，很快便有了一個女兒，錦文卻出軌了。也不知是天意還是宿命，錦文和自己公司裡的一個實習生有了不清不楚的關係，在公園偷情被人發現。溫玥選擇了離婚。

　　我再見到溫玥的時候，在她的眼裡既看不到悲傷，也看不到遺憾，更準確地說，沒有任何的情緒，就像一個活着的死人。或許對於溫玥來說，值得牽掛的只有那個女兒了吧。

　　事情本該到這裡便結束了，因為工作的關係，我和錦宇的兒子錦程多有接觸，我卻在錦程那裡聽到了另一個版本的故事。

　　錦程說，溫玥初中時喜歡的是自己的父親，錦宇。錦宇作為我和溫玥的語文班主任，一直以來都是溫良、友善的形象。一個初中的學生，喜歡上了自己的老師，最後卻嫁給了心愛的人的弟弟，這到底是怎麼回事？

　　據錦程說，溫玥總是在課間、吃飯或者下了晚自習後，去找錦宇。錦宇剛開始只是覺得自己的學生學習積極，滿心歡喜，後來對溫玥過度的「熱情」開始產生疑惑，漸漸開始懷疑起溫玥的動機。

　　錦宇開始以班主任的身份，不斷的找溫玥談心，告訴溫玥早戀的壞處，也隱晦的警告溫玥和自己保持距離，自己是有家室的人。溫玥在錦宇刻意的迴避下，很少再和他見面了，錦宇本以為事情就此結束了。溫玥上高中的時候，偷偷去錦宇家裡找錦宇，錦宇沒找到，卻遇到了錦文。不幸的事情發生了，錦文和溫玥強行發生了性關係。

　　錦宇心生愧疚，經常打探溫玥的情況，同時將錦文送去了國外。

　　錦宇經常暗中搜集着溫玥的事情，懷着內疚和對自己學生憐惜的心態，還是忍不住和整日渾渾噩噩的溫玥見了面。

　　錦宇本來是要說些鼓勵的話，勸溫玥放下過去，放下這段不該有

的愛，再盡己所能的給她一些補償。

沒想到，找了兩次，溫玥看到錦宇，就慌張的跑開了。直到第三次，還沒說什麼，溫玥摀着嘴巴痛哭，那想抱又不敢抱的樣子，讓錦宇心裡五味雜陳。

這時候的溫玥已經從初中懵懂未開的小女孩，變成了亭亭玉立的姑娘，嬰兒肥變成了蘿莉像兒。梨花帶雨的姑娘，竟然勾動了錦宇的心。

錦宇不過大腦的抱住了溫玥，想撫慰她。可這在溫玥眼裡，就不只是撫慰了。

兩人的糾纏，越來越深。

錦宇的妻子柳眉，最終得知了這件事。

柳眉是位文藝工作者，有着林黛玉的悲天憫地的性情。既為自己的「黃花老已，柳岸垂」自憐，又對溫玥抱有同情和傷感。

錦宇極力解釋這件事情，怎奈柳眉心緒複雜，每天以淚洗面。

溫玥有着少女的熱情和忠純，家事煩惱，錦宇在長時間的壓抑下，終究進了溫玥的溫柔鄉。兩人從沒發生過關係，即使是簡單的肢體觸碰，錦宇都十分敏感。但他不可否認的是，情感的需求在溫玥這裡得到了釋放。

眼看着兩人越走越近，錦宇陷入了思想的糾葛，而溫玥對於錦宇若即若離的態度十分恐慌，她離不開錦宇。一次大吵之中，失口說出了她和錦文的事情。錦宇心如絞痛，不斷地提出補償，並真實的告訴了溫

玥自己的感受。錦宇雖然愛上了溫玥，卻始終放不下家庭，愧對於溫玥捨身忘我的投入。

錦宇出國散心，回國後，帶來了錦文發生意外造成終身殘疾的消息。溫玥怔怔地看着錦宇，沒有多說什麼。錦宇從此也和溫玥斷絕了聯繫。

後來不知怎麼，溫玥竟然和回國後的錦文在一起了，而錦文靠着發表錦宇的著作，成為了一名小有名氣的作家，還開了自己的公司。

錦宇的辦公桌上放着錦程所有發表過的文章，在他眼中，他保全了弟弟，也安撫了溫玥。

錦程說，那天錦宇在婚禮結束後，一個人喝得大醉，第二天是溫玥打電話讓他去某個酒店房間接錦宇回家。錦宇沒有說那晚發生了什麼，只是之後，變得異常暴躁，尤其是對自己的親弟弟，錦文。錦宇通過各種關係，提前退休了，在家裡不斷地寫着文章，卻只能孤芳自賞。這期間，柳眉得過一場大病，錦宇找錦文借過錢，錦文沒借。

我聽得很認真，也很迷茫，不知道錦程為什麼告訴我這些。

溫玥離婚後，通過網絡認識了現在的丈夫，一位數學老師，離異帶着一個兒子，兩個人的日子過得有聲有色，似乎是放下了從前的一切。儘管她的女兒婚姻也不是很理想，卻並沒有減少她對生活的熱情，每次都還是那麼坦然地和我聊着家常，聊着她的世界裡的幸福和快樂。

多年過去，我依然和錦宇保持着聯繫，錦宇已是滿頭的白髮，整個人充滿了暮氣，聊天的內容也是大多請求幫忙給他的兒子介紹對象。

錦程也算詩書傳家，卻從沒聽說他有過對象。給他相過親的，無一例外都被他搪塞了，或許他父親的事對他的影響太大了。

而整件事，對於溫玥來說，在愛情裡義無反顧，終是迷失了自己。這未必是件壞事，人生若只記得初見，迷失在自己的世界裡，或許也是一種幸福吧。

安意如在《人生若只如初見》中說，「不是無情，亦非薄幸，只是我們一生中會遇上很多人，真正能停留駐足的又有幾個？生命是終將荒蕪的渡口，連我們自己都是過客。」

爱歸於流年

「這應該是他們舞團的首席吧？」

「我也覺得，她剛才轉圈，腳尖撐在地板上，看着就覺得疼。」

「他們跳舞的可辛苦了。」

舞台劇贊助商的幾個員工一邊看着舞台劇，一邊交頭接耳。

「你們小點聲。」前排的老闆助理側過臉提醒她們。

老闆吳一飛一直對藝術很感興趣。吳一飛相貌堂堂，有着成熟的氣質和特有的魅力。

「吳總，您可以到後台和演員們見見面。」

「好。」

「辛苦了大家，我本是個外行沒什麼資格評論你們的表演，可還是忍不住說一句，真的是非常優美，太棒了！」

「謝謝吳總的誇獎。」

「姍姍，這是咱們團這次演出的贊助商，吳總。」

「吳總這是我們的首席姍姍。」

「姍姍，很辛苦吧？」

　　姍姍停頓幾秒，好像沒晃過神，兩眼直勾勾的盯着吳一飛。

　　「哦，您好像我喜歡的吳秀波啊，您也姓吳，好巧。」姍姍臉紅紅的捂着嘴害羞的笑了。

　　吳一飛看上去 40 幾歲的年紀，一副成功人士的裝扮，黑框眼鏡，襯衫是韓劇裡經常出現的純白色，外加淺色的中長外套，搭配寬鬆深色休閒褲，和一雙商務休閒鞋，簡單、時尚。

　　姍姍看着吳一飛一時失了神。

　　「是嗎？已經是大叔啦？是高興還是應該難過呢？哈哈哈。」

　　等姍姍回過神的時候，吳一飛正在和其他幾位成員閒聊。沒寒暄幾句，大家也就都散了。

　　姍姍終於收工，急急忙忙回家。一進門就鞋子亂脫，包包隨意甩，一路小碎步的走到沙發盤腿坐下，帶着興奮的和自家姐姐聊了起來。

　　「我今天看到我偶像的現實版了，激動啊！怎麼辦，哈哈哈哈哈。」姍姍不自覺前仰後合的笑起來。

　　姐姐毫無表情的看着她，「你幹嘛？吃錯藥了嗎？瞎激動什麼，你不是覺得生活中不會有所謂的偶像嗎？」

　　「姐，他是我們今天這次演出的贊助商，樣子和吳秀波好像，見面的時候我都尷尬了，心突突突的。」姍姍越說越激動，伴隨着可以看到整個牙齦的大笑，仿佛是追星的小迷妹。

　　姍姍定期都會有不同的演出。和往常一樣，完成演出後，在後台

簡單卸妝，整理着頭髮。

「姍姍，你好。」

「嗯？吳總，您怎麼來了？」姍姍瞪着眼睛，不可置信的把雙手合攏放在嘴前，一副很驚喜的樣子。吳一飛顯然有些措手不及，沒料到姍姍會表現得這麼熱情。

「哦，今天我帶太太來看你們的演出，我太太說你跳的很好，想過來和你認識一下。」

「哦哦，不好意思。吳太太，我一直很喜歡吳秀波，我總覺得您家的吳先生和他超級像！剛剛失禮了，多謝您的支持啊。」姍姍大方的解釋着自己剛剛的真情流露。

「不會不會，哪有的事。你的舞跳得真好，是這樣的，我們的兩個女兒也不小了，想讓她們也學呢，有機會希望你多指導指導她們。」

「好啊，沒問題！我們經常排練，到時候，您可以讓她們來看看。」

姍姍盡可能得體的送走了吳一飛和他太太，長出一口氣。

「姐，今天我那個偶像帶她太太來和我打招呼了，還說他兩個女兒也要學舞，為什麼想像總是美好的，現實總是殘酷的呢？沒勁。」

姐姐笑着說，「你看看，什麼時候才能長大，現實點吧。」

姍姍繼續着自己一場場的演出。每次謝幕，都會接受無數的掌聲、鮮花、讚美，合作夥伴和觀眾的肯定。可她不知道什麼時候開始，總是在後台等待着，哪怕是吳一飛和他的妻子一起來也好，就是想多看一眼

吳一飛，哪怕只有一眼。

南非世界盃開始了，這也是第一次在非洲舉行的世界盃比賽，當時有超過 320 億人次的觀眾通過電視直播觀看了比賽，創下了歷史新高。姍姍和舞團幾個喜歡足球的朋友早早就計劃着要去南非來個世界盃之旅。背起行囊長途跋涉，終於踏上了南非的土地，姍姍和朋友一下飛機就忙着拍照，上了車才發現護照不見了。

「天哪，這可怎麼辦？」姍姍要急哭了，反復翻找自己的行李。

「先報警吧，再找大使館看看能不能幫忙。」司機師傅安撫着大家的情緒。

在大使館門口徘徊，四處聯絡打電話的姍姍，看着不遠處有一個熟悉的身影下車正往她的方向走過來。

「啊！真的，真的是吳總嗎？」姍姍忍不住大哭。

「誒，怎麼了姍姍，你怎麼在這兒呢？」吳一飛拍着姍姍肩膀問。

「我和幾個朋友來看世界盃，結果不知道在哪裡把護照給丟了！」

「好，別着急，我幫你想辦法。」吳一飛一副沉穩男人該有的十足的安全感的架勢，一下就讓姍姍平靜了下來。

吳一飛在南非原本就有生意，自己又喜歡足球，來大使館辦事，剛好碰到姍姍，緣分或許就是這麼奇妙。在他的幫助下，姍姍得以繼續自己的南非之旅，而她對吳一飛的愛慕之意也漸漸的開始顯露出來。

有了聯絡方式，並得知吳一飛此行沒有帶太太，姍姍想打給他，

想瞭解他更多。但是，太多的道德、責任、譴責鄙視，甚至直白的小三這種名字在姍姍腦海裡不停滾動。「哎，算了！」姍姍壓制住了自己非分的想法。

那天，世界盃的比賽中，傳統的強隊德國在第二場賽事以０：１不敵塞爾維亞，爆出個大冷門，街邊巷尾都在議論這場比賽。姍姍和朋友們在酒吧喝酒，吳一飛又一次出現了，就在不遠的卡位。他走過來叫了兩瓶喝的，姍姍很自然的讓侍者加了把椅子。吳一飛身上淡淡的香水味飄來，姍姍貪婪地吸了一口。

「我就喜歡聞這個味道。」

「是嗎？我一直都用一個牌子的香水。」

「你也喜歡看球？」

「我更喜歡看舞劇。」

……

也許是夜晚，也許是因為酒精，大家都有些微醺，舞蹈、藝術、足球、南非，兩人彼此聊得很愉快，也很投機。

「吳總，我明天要回國了，今天有空吃飯嗎？」那晚過後，姍姍還是發出了這條信息，她想着朋友間的一次邀約，只是簡單的想和他吃一頓飯而已，眼神閃爍。

一間不大的餐廳，燈光，擺設，格調都極好。

「姍姍，昨晚聊得很愉快，很高興認識你，這個送你。」一瓶和

他身上味道一個牌子的香水擺在姍姍面前。

「哇，這麼客氣！」姍姍臉通紅，她不知道該說什麼，她只是想讓時間過得慢一點。「那您以後有什麼需要我幫忙的，就聯繫我，比如需要演出之類的。」

「好啊。」

南非之旅就這樣結束了，姍姍在回國的飛機上滿腦子都是吳一飛，姍姍開始猜吳一飛的心思，究竟是拿我當普通朋友呢，還是和我一樣呢？

回到家她把事情都跟姐姐交代了，姐姐覺得沒有什麼，吳一飛年紀大做事情謹慎也沒覺得有什麼暗示。姍姍很失望，但內心總還是懷着一絲的期待。

過了一段時間，吳一飛的電話來了。他邀請姍姍的舞團可以陪同他們去非洲國家吉布提做商務交流考察和演出，不過也說明了吉布提比較落後，如果不方便也沒關係。但是姍姍怎麼會說不方便呢，滿口答應了。

吉布提的酒店沒有熱水，設施簡陋，整個行程也很滿，姍姍舞團

的舞蹈得到了吉布提國家領導的讚譽。收工後，大家開始了party，儘管條件有限，珊珊卻很開心，吳一飛也是有說有笑，還和珊珊跳起舞來。第一次的身體接觸，四目相對，有時候，一個人想要的只是一隻可握的手和一顆理解的心。心，會隱藏我們不能說的心思，但眼睛，又會把我們試圖隱藏的，全都展露出來。那一晚大家都喝多了，吳一飛把珊珊送回房間，沒有再出來。

結束了吉布提的行程，便回國了。珊珊和姐姐聊天，沒了往日的無所不談，眼神始終躲閃。這段看起來沒有結果的愛情，不敢和姐姐提起。姐姐看出了珊珊的心事，也沒多說什麼，只是不斷強調讓珊珊要保護好、照顧好自己。珊珊哭了，告訴了姐姐一切，那份愛意始終在她的心中，揮之不去。

「珊珊，有空嗎？我們見見。」吳一飛像是掌控一切，沉着冷靜，卻又顯得無比自然。

「我很抱歉，那晚喝多了。」

「吳總，其實……」

「我知道。」

珊珊瞪大雙眼，不敢相信吳一飛早就知道自己的心思。吳一飛又何嘗看不出珊珊在想什麼，只是自己家庭的責任始終讓自己無法往前再邁一步。

「珊珊，你是個好女孩，你希望我怎麼彌補？」

「我什麼都不要，我們可以見面就好。」姍姍低聲包含着淚水說。

吳一飛在物質上給予了姍姍一些補償，也答應可以定期見面。

「我可以見你嗎？我是吳太太。」過了幾個月姍姍接到電話，她好緊張不知道怎樣面對，但還是硬着頭皮答應了。

「我都知道了，我女兒告訴我她經常看到你和一飛一起吃飯，因為她常去看你們排練。離開他，我當什麼都沒有發生。」吳太太面無表情，語氣卻很堅定。

「我懷孕了，我不會影響你們的生活，但是我想生下這孩子。」

姍姍懷孕了，就在那一晚，她自己知道的時候也很害怕，但是最終依然決定留下這個孩子。

吳一飛和妻子的婚姻早已名存實亡，這麼多年，吳一飛始終履行着責任，也沒有其他的外遇，直到姍姍出現。吳一飛不想讓姍姍打掉孩子，更是不想割捨這段動了真心的愛情，想了很久，終於提出了離婚。

吳一飛太太始終不同意離婚，姍姍的肚子也越來越大。巴西世界盃開幕式那天，姍姍接到了電話。

「她死了。」姍姍清晰的聽到吳一飛在電話那頭抽泣。吳太太一直患有抑鬱症，姍姍出現後，病症加重了，最終選擇結束了生命。

吳一飛的兩個女兒恨死了姍姍，覺得是她害死了媽媽，從此不再和姍姍有任何交集。

事情處理後幾個月，眼看姍姍就要臨盆，他們登記結婚，姍姍25

歲，吳一飛43歲。

　　後來吳一飛的生意出了問題，財務狀況緊張，變賣了公司股票基金，和幾處房產，當起了司機。姍姍產下女兒後，恢復不錯，姐姐幫忙帶孩子，她也開始復出走穴，每天都很忙碌。姍姍安於生活，安於忙碌，每天處理着各種瑣事。她常對姐姐說，無論如何，她都尊重自己曾經的選擇，這不就是生活嗎？

　　這是一個平凡的故事，這世間有無數個這樣平凡的故事。或失去或得到，流年似水，不是要不喜不悲，而是要隨着流年的愛，或喜或悲。於此人間天上，當生如花朵璀璨，如珊瑚斑斕。

用一生揆來自己

　　若落花無情，為何還要隨水而流。若流水有意，為何還要脅花遠去。愛，說不清道不明，世俗多得是無盡的評判，卻只有在切身體會的人才懂得，那番滋味，那番只屬於自己的滋味。莫作流水，莫羨花，人生依舊美。

　　伊青，我的畫畫老師，每次去畫廊上課，她都會座在一扇窗的旁邊，風吹進來，她的長髮就會輕輕飄起，立體的五官也在陽光的映襯下格外的亮眼，身材高挑，聲音溫柔，在我們的眼中她就是女神的模樣。

　　大概一年多的樣子，我們的畫畫課就換了一位新的老師，同學們都不知道了伊青的去向。

　　這個畫廊在老街區裡，周圍都是各大國家部委機構，伊青從小就在這裡長大。從前畫廊是一個蛋糕店，放學路上伊青經常到蛋糕店買早餐。

　　「就剩下一塊了，我先來的！」伊青說。

　　「誰說你先來的，我們一早就在門口了！」

　　「給她吧，這塊我看着都不好吃。」陳科和魯釗的爸爸都在部委機關任職，家也在附近，他們經常一起上下學，打打鬧鬧。也經常在蛋

糕店碰到伊青。

十六七歲的年紀，男女生之間鬥嘴，相互調侃，男生都壞壞的看到女生着急，難為情，生氣才會覺得達到目的。

「呦，怎麼又是你？是不是故意等我們的啊？」陳科邊說邊笑。

「誰等你們，真討厭！」伊青不願多說，想快點買完。

「小心點啊，別還沒到家蛋糕就掉地上了」陳科一副討人厭的樣子。

「狗嘴裡吐不出象牙！」伊青默念。

「難道小貓嘴裡就能吐出小魚乾了？」魯釗說完，伊青也忍不住笑了。

三個人開始有說有笑，固定的時間從蛋糕店一起走回家，儘管陳科還是那麼討人厭，但魯釗總是能讓伊青不自覺的笑出聲。

高中三年轉瞬即逝，三個人成為了無話不說，相互幫忙的鐵哥們。

陳科和魯釗都要出國讀大學了，伊青順利的考上了美院，畢業那天他們三個喝了不少。

「我們走了，好好照顧自己啊。」陳科拿着酒杯低頭說。

「難得你說了句人話，來干一杯。」伊青爽快的回應。

「我們保持聯絡，相互需要時，都爭取第一時間出現！友誼萬歲！」魯釗提高嗓門，舉起了酒杯。

魯釗去美國學了設計，陳科去英國學了管理。他們經常在群組裡聊天，視頻，相互交待近況，朋友圈裡也會經常發些感慨，比如，去旅行

了但是沒有你們，想大家等等。三個人的友誼讓人羨慕，雖然沒在一起，但知道你們和我一樣那就是幸福。陳科和魯釗都給伊青發出了邀請，叫她有空就去找他們玩。

有一年放假，伊青和美院的同學想去採風，伊青大膽提議去遠點的地方，在大家的商量下，決定去美國。

「我要和同學去美國玩了，魯釗你準備好沒有？」伊青開心地說。

「怎麼不來英國？」陳科有點怨氣。

「我就知道你有意見，所以我想着先去美國幾天，然後和魯釗再去找你怎麼樣？」伊青得意的說。

「好啊」我來規劃一下，魯釗開始念叨，我們不如先去這裡然後買機票……

「這還差不多，來英國就交給我啦」陳科說。

三個人開始對假期充滿期待，群裡經常聊得很晚，很熱鬧。

魯釗來機場接機，兩個人遠遠看到就開始用力招手，伊青也加快了腳步，把同學都落在了後面。

「好久不見！」兩個人緊緊的擁抱，表達想念。

「你男朋友啊？」旁邊幾個追上來的同學都這樣問。

「不是，我特鐵的哥們。」伊青有點羞澀的回答。

晚餐時間魯釗訂好了餐廳，伊青和朋友打扮得挺漂亮有說有笑的坐下了，過了一會又來了一個女生，美人臉有禮貌的打招呼。

「這是我女朋友，一直沒來得及跟你們說。」魯釗看着伊青。

「啊？有女朋友還不告訴我，真是的！」伊青本能的應付着。

「這是我國內最好的朋友。」魯釗向女朋友介紹着伊青。

飯局散了，伊青回到酒店，沒有打開行李，坐了很久。說不出是一種什麼感覺，複雜，心酸酸的，眼淚在通紅的眼眶裡不停的打着轉，似乎隨時要掉下來。伊青也不知道自己怎麼了，為什麼會這樣。

或許大家都猜過對方是否會想自己，也都期待過對方會先主動，最後卻各懷心事的漸行漸遠。

接下來的幾天伊青的興致沒那麼高了，但還是跟着計劃繼續行程。

「是我們兩個去英國還是三個？」

「恩，可能要三個，因為我女朋友也想去。」

「哦。」

「你怎麼了？」

「沒有。」伊青說完就後悔了，本來就不開心，為什麼不說出來，幹嘛假裝清高，誰會知道！

到了英國。

「伊青，還是那樣啊，瘦巴巴的電線桿。」陳科沒變，嘴還是很賤。

「煩死了你！」伊青推揉着陳科。

「這是我女朋友！」

「嘿，你小子真行，有女朋友也不和兄弟說！」陳科埋怨魯釗。

大家有說有笑走出了機場。

晚上大家在酒吧喝得開心，聊着各自的大學生活，奇葩的同學，回憶着高中時候蛋糕店的種種。魯釗女朋友覺得自己插不上話，想先回去休息，魯釗去送她，後來打電話說女友不舒服就不出來了。

「魯釗這小子，交女朋友也不跟咱們說，你呢？也沒個男朋友？」

「沒有，沒想這些，可能也錯過了吧。」

「要不你看我行嗎？咱倆試試。」陳科接着半開玩笑的試探。

「行啊，試唄！」伊青干了杯子裡的酒。

「我開玩笑的！」陳科有點慌。

「我是認真的。」伊青突然釋放了自己，但又好像是在和自己賭氣，又乾了幾杯酒，就和陳科回家了。

「是不是太快了？！」陳科猶豫。

「我是你女朋友了，怎麼快了，這不正常嗎？」伊青微醺半夢半醒，又肯定的回答。

第二天中午魯釗來找陳科和伊青，一起在家裡吃外賣。吃了幾口，伊青突然默默地低頭流起了眼淚。

「怎麼了？」陳科關心的遞過紙巾。

「陳科，對不起！」伊青控制不住越哭越傷心。

「魯釗，自從我知道你有女朋友開始，只要我稍微的想到你那麼一下，都會不自覺的哭出來，感覺自己好沒用。」陳科愣住了，魯釗也

沒有開口。

「那昨晚算什麼？」陳科有些發狂。伊青抓緊自己的衣領，攢緊拳頭，不敢多看陳科，又有些後悔昨晚的一切，20歲，她的第一次。

「你昨晚對伊青做了什麼？」魯釗察覺到了什麼，沒聽解釋，直接一拳重重的打在了陳科臉上。

「不是陳科的錯，是我願意的。」伊青慌張的解釋。

「你他媽還打我，你憑什麼？」陳科怒氣衝天邊說，邊起身和魯釗扭打在了一起。伊青忙着過去勸架，只見陳科好像被什麼東西紮到，倒在了地上，血流不止，眼睛一直往上翻，渾身抽搐，昏了過去。

「怎麼辦？不是我，我沒看到那裡有刀，他怎麼就被紮到了呢，我不是有心的！」魯釗嚇蒙了，伊青慢慢把手伸到陳科的鼻子下面，發現沒有呼吸了，兩個人都癱坐在了地上。

「快把這裡整理一下，快，走！」

「什麼？我們應該報警！」伊青說。

「我不想坐牢，我不能沒有未來！」從沒看到魯釗如此的慌張，伊青都有些不認識他了。鬼使神差，魯釗把屍體藏好，拉着伊青離開了陳科家，伊青感受到了魯釗身體在顫抖，也知道一切都結束了。青春，友誼，愛情，都沒了。

很快警方就逮捕了魯釗和伊青，儘管是過失殺人，魯釗和伊青也無法逃避牢獄之災。

伊青罪行較輕，服刑期滿被遣送回國。臨走前她還乞求能見魯釗一面，但沒能如願。

回國後，學校早已開除了伊青。她開始拿着過去的作品，四處找工作，後來認識了一位日本人，對她的作品風格很欣賞，當然對她更是關懷備至。為了生活，伊青變成了男人的附屬品，召之即來揮之即去。

有一次兩個人在辦公室，被公司老闆發現，老闆一生氣，昭告天下並開除了這個日本人，後來他就回了國，還算念舊情，留了一筆錢給伊青。

伊青開始四處旅行，新疆、西藏、稻城……她開始覺得孤獨沒有什麼不好，因為可以與自己對話，直面自己的心，直面這個包圍自己的世界。

這麼多年，家附近的那個蛋糕店依然門庭若市。伊青傾其所有盤下了蛋糕店擴建成了一個畫廊。上課、賣畫、畫畫，直到有一天，我們的老師換了。

後來聽說有人在四川偏遠山區的一座寺廟看到過伊青，俏麗的長相依然叫人過目不忘，但不同的是，那飄逸的長髮卻不見了，她最終選擇了皈依佛門，也許這是她最好的歸宿吧，可以隨心隨緣也是幸運。

放棄是一種智慧

　　擁堵的二環路是每天的必經之路，也是整個北京城裡，每個人提到都會心塞的著名「紅燈區」。喧囂的城市，蘊含着路上行人無數的夢想。雪兒也一樣，海歸，找了份優渥的工作，但卻有個不靠譜的老男朋友，感覺不找個年齡大的都有點跟不上潮流。這老男人是雪兒金融公司的客戶，有妻子也有個女兒，當然，現在的社會這些都不能算是婚姻的保障。

　　何進，也算事業有成。老婆孩子都在海外，放養的狀態自然不安生。

　　雪兒可是認真的，一心想着讓他離婚，但是這樣的男人一大把，到底有幾個是真心呢？何進找盡理由一拖再拖。

　　何進穩重成熟，與人相處中，很容易給人一種安全感，很注意別人的感受，算是個老暖男。這也讓很多不知情的女孩誤以為，這是個「老實人」。怎麼說呢，給人的溫暖和安全感，是何進本身的氣質，和他內心的想法無關。實際上，何進就是個花心大蘿蔔。

　　他出身農村，也算是白手起家。全家的親戚供養他讀完了名牌大學，大學畢業後，便進入了金融體系裡。一路摸爬滾打走到了今天。何進現在的妻子是他的大學同學，大學裡認識的，娘家也是金融業有頭有

臉的人物，婚後生下了個女兒。兩人的矛盾也是從孩子開始的，何進家遵循着老舊傳統，生兒子傳宗接代，不然就是不孝。

　　和平常人家一樣，何進妻子懷孕後，母親來城裡伺候月子。何進的母親和妻子生長環境不同，三觀不同，生活習慣更是不同。因為兒媳在做月子，母親再多的不滿也多少忍讓。妻子卻沒忍着，想到什麼就說什麼，一點也不顧及母親的感受。母親各種「特殊」伺候，就是想讓妻子生個兒子，結果生了個女兒。日積月累的怨氣，便瞬間爆發了。何進是舉着全家之力，砸鍋賣鐵，才有了現在的生活，自然是偏向母親的。夫妻兩人一天一小吵，三天一大吵。兩人畢竟還是有感情的，何進不想離婚，但破裂的婚姻已經無法挽回，另一邊，母親又催着要孫子。何進與妻子分居了，偷偷養起了情人，雪兒就是其中之一。

　　何進和雪兒的相識也算簡單。那天，何進去雪兒的公司辦業務，一眼就看中了雪兒。然後便是要聯繫方式，約出來吃飯、逛街。在雪兒的眼裡，何進對自己的無微不至，讓自己感覺到了前所未有的溫暖，即使對方有妻女，也甘願飛蛾撲火。何進對雪兒也算是真心，但從未想過讓雪兒成為他感情世界裡的唯一。

　　「你離婚吧，我們結婚好不好？」雪兒懇求着。

　　「你喜歡始亂終棄的人？我和她從大學開始認識，一直到現在，互相幫助，互相扶持，雖然已經沒了感情，但我還是無法割捨。你總不想讓我變成陳世美吧？」何進總是有自己的邏輯。

「那我算什麼？」雪兒眼含淚珠。

「我愛你，一如既往的愛你。」何進將雪兒摟進懷裡，繼續說道。「我和她已經證明了，婚姻，它也不是那麼可靠不是麼？我和她有着婚姻關係，卻每日大吵大鬧，沒有絲毫的感情。我和你現在的關係，卻是心心相印，一生相守，不是嗎？」

雪兒知道，這又是他的托詞，能有什麼辦法。雪兒認定了他，無法割捨，糾纏不清。

雪兒中了邪，越是得不到越是要想盡一切辦法。

兒子！大概是娛樂新聞看多了，雪兒覺得這樣的老闆，大多希望有個兒子，如果有了兒子，一切都順理成章。但是爸媽是絕對不同意，想到十月懷胎，雪兒也沒能說服自己。那怎麼辦？

代孕！中國已經三令五申代孕是違法的，會嚴厲打擊，所以雪兒選擇了美國。通過各方聯絡，雪兒制定好了計劃，生兒子的想法也的確戳中了何進心裡所想，沒有反對。

到了美國代孕機構，看到裡面都是華人的面孔。

雪兒感嘆「我的天，全是中國人」

「是啊，這幾年來代孕的中國隊伍越來越龐大了，美國也開了不少公司專門做中國人的生意。」工作人員一般忙碌處理文件，一般帶着雪兒四處走走。

「怎麼會這麼多呢？」雪兒好奇。

「嗨，以前是不孕不育的家庭迫不得已才想到代孕來擁有一個孩子，現在可不是了，年輕女孩為了省事，小三為了扶正，清高的黃金單身女想要圓當媽媽的夢，總之人就越來越多。」工作人員流利的介紹，好像這樣的話說過幾百遍。

「你先做個檢查，等一下我們見代孕媽媽。」

「好。」

到了辦公室當雪兒見到代孕媽媽時，傻眼了。

「誒，你不是齊欣嗎？」雪兒瞪着眼睛說。

「你們認識啊？哦，那不行，那我幫你換一個，這情況我還是頭一次碰到，為了穩妥還是不認識的好。」工作人員翻找其他代孕媽媽的資料。

雪兒不敢相信自己的眼睛，因為齊欣是她留學時候的同學，美國出生長大的華裔女生，後來沒畢業就休學了，也沒有了聯繫。

雪兒和齊欣找了一間咖啡館坐下。齊欣家在她即將畢業那年發生了重大變故，一場車禍導致父親去世，母親臥床無人照顧，她只好暫時休學，擔負起照顧媽媽支付房貸等家庭重擔，每個月齊欣都壓力大的透不過氣，無論多麼努力，生活都沒辦法過得輕鬆，自己摯愛的男朋友也離她而去。因為四處兼職打工的原因慢慢得知，雖然代孕有風險，但是賺錢快。在那麼好的年紀齊欣身不由己。

雪兒有點後悔代孕的想法，看着齊欣的生活，雪兒覺得自己要的太多，但是在這段和老男人的時間裡，她的理智總被一句話霸佔，千萬

　　畢業季，隔三差五 202 就會集體酒醉，互相攙扶着癱倒在寢室地上，嘴裡喊着，以後誰結婚了全員必須到齊。

　　莎莎第一個結婚，沒什麼意外，丈夫是個有錢人，婚禮上莎莎很開心，忙前忙後叫姐妹們別掉隊。莎莎結婚那天，滿臉洋溢着幸福。丈夫是一個民企老闆，婚禮辦得很有排面，對莎莎也很大方，莎莎得到了她想要的物質生活。

　　後來是中佳，結束了他們的愛情長跑，步入了婚姻殿堂，陪伴就是他們對彼此最長情的告白。兩人的感情能走到現在，真的是難能可貴。婚後，兩人是戀人也是閨蜜，永遠在一個頻道上，總是那麼的心有靈犀。

　　不久，蘇蘇也結婚了，不過被確診了紅斑狼瘡，雖然不會立刻死亡，但也是需要長期就醫，且無法治癒的病症，儘管如此看到她收穫愛情，大家都欣慰多了，蘇蘇說，越長大就會越明白，你需要的不再是瘋狂的愛情，而是一個不會離開你的人。這或許就是陪伴吧，正如結婚的誓詞，不論貧窮還是富貴、健康還是疾病，一生一世忠於她，愛護她，守護她。

　　楊子最後一個結婚，大家都不意外，她一直挑剔，不過並沒有辦婚禮。

　　姐妹們各自有了家庭，有些還有了寶寶，生活得忙碌使得聊天聚會的次數也越來越少，大家也不再像以前那樣無話不說。

　　有一天中佳接到了蘇蘇老公的電話，知道蘇蘇早產了，母女都還

在醫院。中佳忙着恭喜，趕緊聯絡其他姐妹，想着大家也可以趁機好好聚聚，一起去看蘇蘇。可是命運真會捉弄人，蘇蘇患有紅斑狼瘡原則上是不能生育的，但她一定堅持給老公一個完整的家，結果孩子早產送到保溫箱，蘇蘇還沒見到自己的女兒就病發過世了。掛了電話，莎莎、中佳、楊子都拼命的趕往醫院，她們無法相信聽到的一切，直到看見走廊上坐在地下，泣不成聲的蘇蘇丈夫。她們看了看病房裡，蘇蘇安靜的躺着，3個人相護依靠，淚流不止。勇敢追求愛情，勇敢做自己，她走了，或許對於蘇蘇來說26年就是她的完美人生，毫無遺憾。

姐妹幾個好不容易聚在一起，卻是為了送別好友。回想起上學的時光，心情真的很難平復，不知道大家現在都好嗎？和我們從前幻想的一樣嗎？

莎莎離婚了，閃婚，閃離，她一個也沒落下，認識不到2個月領證結婚，婚後不到一年丈夫出軌，她原本想忍耐，但每當獨守空房，滿腦子都是自己男人和別的女人在一起的場景，她覺得整個人好像被掏空了，這麼多年她該享受的、該買的一樣也不少，最後除了錢什麼也沒剩下。

中佳的小日子過得不錯，兩個人努力打拼，也買了房子，每天早上都在地鐵裡被擠到變形，下班回家彼此發發牢騷罵罵變態女上司。但說起孩子，父母都在外地，房子不夠住，孩子誰來帶等等，瑣碎的煩惱代替了浪漫的愛情，現實總是如此。中佳只想一直往前看，畢竟回頭需

要太多勇氣，大步向前，只專注屬於他們的生活，至少彼此是快樂的。

楊子嫁給了自己的小學同學，住的地方幾十平米大，洗手間露着大粗管道，樓體是磚頭砌成，沒有電梯的七十年代老舊樓房。為了給兒子結婚，楊子的婆婆讓出了房子，自己租房住，沒有辦婚禮的原因不言而喻。

「為什麼啊？你那麼好的條件？」姐妹們問楊子。

「我說為了愛情你們信嗎？」楊子一臉認真。

「有多少人愛的轟轟烈烈，最終逃不過曲終人散。」莎莎感嘆道。

「現在的社會結婚要看條件、看家庭，其實只有該結婚的感情，沒有該結婚的家庭。」中佳感同身受。

　　一個下午，姐妹們聚在一起，找到了當年在寢室的感覺，這或許是對蘇蘇最好的緬懷，每個人都滔滔不絕，毫無保留的交待着自己的生活，這麼多年，其實大家都好，只不過長大了很多事總是和小時候想的不太一樣。

　　人嚮往自己喜歡的生活，是理所當然的。有的人，喜歡錦衣玉食的生活；有的人，喜歡單純簡單的生活；有的人，敢愛敢恨，生活成了童話；有的人，謹小慎微，將自己的所有，給了自認為對的人。生活沒有對錯，人生的選擇也沒有對錯，最終快樂就好。

　　隨風起舞的蝴蝶很美麗，往哪飛，卻是由風決定的。蝴蝶從來不怨風往哪裡吹，任由風帶着它畫出一個個完美的弧線。

不婚主義

　　郭曉迪，33歲，每天早上6點起床，給自己榨一杯水果蔬菜汁，清理腸胃。然後做簡單的運動伸展，有一個小時的閱讀時間。8點半出門上班，9點秘書準備好的拿鐵已經在她的手上。9點半會瞭解每天早會的情況，佈置一天的工作重點。週末會看看演出、電影，約上三五好友選一間米芝蓮餐廳試吃，也或者安排好時間來個週末小旅行，生活有序又多姿。她是互聯網公司高管，工作壓力不小、時常加班。高付出自然是有高回報，同時也拿着高薪，人脈圈子廣，有些社會地位，長相溫雅，氣質出眾，是不少人心中的羨慕對象。在別人眼中，她是不婚主義者，她卻並不排斥可以有個孩子，去美國的精子庫，挑選上等的基因，讓自己的生活軌跡沒有瑕疵。她就是這樣一個人。

　　和郭曉迪一樣，選擇這樣生活的高智商女性不算少數，有些人會覺得她們太強，年齡太大，嫁不出去。但瞭解後才發現，其實是她們在感情道路上的運氣沒那麼好，因此隨遇而安。

　　郭曉迪收到了一家時尚雜誌的採訪邀約，從訪問到拍攝照片一來二去她和攝影師有了聯繫，兩人一直保持在微信上的交流，始終沒有單

獨見面。攝影師一頭長髮，很有藝術氣息，懂得欣賞美，也懂得生活情趣，卻有些不食人間煙火。

「秋天了，金黃色的樹葉掉了一地，拍他們飄落的瞬間，真是一種享受。」

「我在忙，下班再聯繫。」曉迪和攝影師的對話大多是這樣的形式。但是每次下班後，曉迪都接不到攝影師的信息。過了段時間，兩個人也一直沒能以約會的形式見面，郭曉迪覺得自信心受到了挑戰，這樣的狀態不維持也罷。後來攝影師有一直傳微信給她，都是說些有關美的事物，也從沒落實到一餐飯，一場電影。郭曉迪心情好的時候回兩句，有一天心情不好，就直接把攝影師的聯絡方式刪掉了。因為她覺得不想見你的人，可能比你想像中更不在乎你。

曉迪的朋友們聽到這件事，都責怪她太隨性了。有可能這個男的是慢熱，有可能這個男的還不好意思見面，有可能這個男的太忙等等。只有曉迪清楚，那種若即若離的感覺太難熬，一定是更不在乎罷了。

曉迪其實一直不缺男人，刪掉了攝影師，沒多久就在商務場合碰到了一位看上去志同道合，長相、談吐、修養都接近完美的優質男，兩個人聊天聊的火熱，沒多久就開始約會，也參加了彼此朋友的飯局。後來兩個人還一起去了海島度假。旅行往往是驗證兩人能否繼續走下去的最好方法，男生安排好了一切，曉迪也覺得很幸福，但是這樣的關係在第4年結束了。郭曉迪想要關係再進一步，但是男生卻覺得還沒準備好，

與其說是還沒準備好，不如說壓根就沒想過未來。這幾個字真的是對女生無法彌補的傷害。

「你很好，是我不好。」

「我不需要你覺得我有多好，我要你覺得不管我有多糟，你都不會離開。」是郭曉迪要的太多嗎？或許真的是運氣不好，兩個人和平分手，後來一直保持聯繫，過了大概兩年的樣子，那個男生結婚了。郭曉迪的微信好友裡，又少了一個人。

刪除好友是想要忘記，忘記一切，不再回憶。想忘記過往的人想必都深有體會，越是想忘記，那段往事總會在腦海裡折磨你。

時間就這樣向前走，過了 30 歲，曉迪遇到了不少人，但始終是心動的多，心安的少。對於曉迪來說，不是越成熟越難愛上一個人，而是越成熟，越難分辨那是不是愛。

成長的多了，所謂的定義也就多了，少女的單純，在成熟面前，就是無知。成熟以後，感情被自己不停的定義，路人，朋友，好朋友，閨蜜，一個個體現關係的名字被自己不斷的調整界限，喜歡和愛是不同的，經常說愛的人，不一定真的愛。當心動的時候，理智和推理總是混亂在腦海裡演練一番，將心動的人評析個透徹，也就沒了心動。看着是定義了別人，實際上是束縛了自己。

在一次聚會上，曉迪認識了她同事的弟弟，比她小 6 歲，對她很熱情。後來對曉迪開始了瘋狂的追求，每天下班，都能看到他在公司門

口。曉迪一開始覺得年齡，還有同事的關係，很排斥，也拒絕。但是這
樣的追求對於渴望被愛的女人來說，真的充滿誘惑，無法阻擋。慢慢曉
迪找了大學時戀愛的感覺，男生會準備很多精彩的節目，爬山，潛水等
等，對她也是無微不至的照顧，把整個生活都點亮了。男孩甚至把曉迪
帶回家去見了父母，但他們的事卻遭到了父母的極力反對，男生的家庭

是非常傳統型，沒有辦法接受年齡上的差距，也認為兒子太小，應該用心工作。這男生當然是據理力爭，但在郭曉迪看來，他父母是對的，因為她知道兩個人能否走在一起，時機很重要，你出現在他對這個世界充滿了好奇的時候，那麼就算你多優秀，都是徒勞無用。

什麼是真愛？真愛是衝破一切阻撓，最終在一起的浪漫。很多人會認為，金錢、物質、社會、掛念等等一切阻撓了無數的愛情，實際上，真正阻撓愛情的只有兩個人的心。過了一關又一關，即使順利通關，沒了感覺，曲終人還是會散。

「如果可以讓我們晚點在一起，然後一輩子」分手時，郭曉迪像姐姐一樣捧着男孩的臉，深情的吻別。

周星馳在接受柴靜訪問在回答什麼時候結婚時，他說，我現在這樣子你看，還有機會嗎？而周星馳在拍攝新電影中依然用了老歌，只是添加了一句，從前直到現在，愛還在。在回應那段被大家都看好的戀情時，他說自己運氣不好，那時候工作太忙，如果再重來一次他不會再那麼忙了，周星馳 50 歲。

而對於郭曉迪來說，最遺憾的可能就是輕易放棄了不該放棄的，固執地堅持了不該堅持的，兩個人在一起除了感情還有時機和運氣。我想大部分人的所謂不婚主義都有着無可奈何。不管你用什麼方式活着，不違心也別後悔，因為你努力合群的樣子未必漂亮。

鼓起勇氣去愛

「為什麼不叫單身貓、單身羊，一定要叫單身狗？」

小溪媽媽一下把小溪問住了。

小溪麻利兒上網一查，有說法是來自某電影中的橋段，但真正讓單身狗一詞火起來的，當屬情人節的神回覆。

問：情人節到了，你還是一個人嗎？

答：廢話！我不是一個人還能是一條狗嗎！

這個段子不僅嚴重的傷害了單身同志的感情，還給所有單身的人打上了單身狗這個名詞的烙印！哈哈哈，看到這解釋，小溪沒心沒肺的笑了出來。小溪媽卻一臉鄙視，讓我好好照照鏡子。

小溪胡亂想着：怎麼了？我就是單身狗，不會化妝，喜歡和朋友吃吃喝喝。嗯，是有點胖，所以也不愛照鏡子。偶爾看看韓劇、綜藝，喜歡個歐巴、暖男，為此有過短暫的減肥念頭。但是，在美食面前，很抱歉，一切都忘了。我過得挺好。除了我媽嫌棄我以外，其他朋友都覺得我可愛的不行不行的。最主要是我有份棒棒的工作，老闆可喜歡我了，因為我沒有男朋友，沒有約會，可以天天加班。

這種話小溪不知道對自己說了多少遍，一生氣我小溪就喜歡吃，只愛吃。除了吃，她沒有別的發洩管道。用小溪的話說，逛街買衣服，那從來不適合她，更確切說很難有適合她身材的衣服。

公司來了男同事，儘管小溪還是單身狗，那又和她能有什麼關係呢？他們一般都會送一份甜品當做給小溪的見面禮，看到她一副看到寵物的樣子，笑得那麼不走心，虛偽的誇小溪好可愛。她早都習慣了。你若問，她難道不想改變嗎？用小溪媽的話就是，小溪還沒開竅，或者還沒遇到讓她改變的事。

往往在小溪的周圍總是有很多漂亮的妹子，這好像是一種規律。胖胖不拘小節的她。人緣總是特別好，因為對她們來說毫無壓力，不需要擔心她奪走了她們的風頭。有些人對她是真心，但有些人真的會令她很難過，不過在小溪看來事情不算太好，也不算太壞。

公司有個女人叫瀟瀟，常常濃妝豔抹，因為老闆是個男人，作為秘書，穿得多短，多麼的烈焰紅唇都不稀奇。雖然是新來的，很快就和男同事打成一片，跟小溪表面上也過得去。小溪看得出，有時和她說話，還沒說完，她就走神去做別的。沒禮貌這也罷了，小溪最最討厭的就是她總拿自己尋開心，無論是午餐，還是下午茶，只要休息的時間，自己就會成為被調侃的對象。時常聽到瀟瀟說，「要是小溪那樣的喜歡你，你咋辦？」「和小溪有過嗎？我和小溪你選誰？」「真替小溪擔心，感覺她脫單好困難。」

　　小溪有時真的會火冒三丈。本就是井水不犯河水，女人又何苦為難女人。用別人來襯托自己，就這麼開心？！那段時間她有些沮喪，但還好她臉皮厚，也不會自我反省，帶着那種死豬不怕開水燙的勁頭。

　　有一天在電梯裡，小溪拿着早餐邊吃邊和同事聊着前一晚追劇的情節，電梯門馬上就要關了，一個男生一手擋住，衝了進來，一下把她手上的早餐碰到了地上。她剛要理論，抬頭一看，天，是個帥哥，小溪並沒有平時的花癡像，因為她知道這位一樣不會和她扯上任何關係。好死不死，電梯馬上要到的時候，壞在了半路。小溪有點竊喜，心理戲很多，很愛演，想着這真的不是我安排的。大概是電視劇看多了，在這麼危急的關頭，還能自娛自樂的笑出了聲，同事和那男生都望向了心如此大的她，一副今天出門沒吃藥的眼神。摁了警鐘沒多久，人們就被解救出來，這期間大家也沒有交流，只是着急想要出去。後來才發現，原來他是新到公司面試的員工張毅，被分到了烈焰紅唇所在的行政秘書部。他很有禮貌，待人處事都有禮有節，但是烈焰紅唇可不是什麼省油的燈，工作分配不均，很多都堆給張毅做。所以小溪每天加班，都能看見張毅桌上堆成山的文件，有些太過分了。

　　「張毅，要不然我幫你弄點吧，你這要做到什麼時候啊？」她實在看不下去。

　　「哎，我這剛開始，還不熟練，不過工作也真是不少。」他倒也不抱怨。小溪翻了幾頁文件，很自然的開始幫他整理。

「瀟瀟的香水味我每天想彈都彈不走，煩死！」她有意無意的念叨。

「哈哈哈哈，那味道很熟悉，後來才發現，原來是我姨媽經常噴的。」張毅開始調皮了。說說笑笑中，工作終於完成了。

第二天，部門經理突然把張毅叫到辦公室。

「今天客戶來，這份文件居然是沒有改過的項目策劃案，加班在加什麼呢？改過的讓狗給吃啦？」經理大發雷霆。

小溪走過去問他，張毅小聲嘟噥，「我是單身狗沒錯，但也不至於饑渴到吃策劃案啊，更何況這件事不是我做的，準備文件的也不是我啊。經理還要扣我薪水。」用腳趾頭也能想到，這一定是烈焰紅唇讓張毅背的黑鍋，第一次，他忍氣吞聲了，畢竟剛來，謹慎行事，但後來這樣的事不止一次的發生。

終於她忍不住了，「本姑娘雖然不好看，又胖，但是對於正義的事，絕對義不容辭。」她如是想着。於是，她冒着被炒的風險去和烈焰紅唇對峙，張毅被她的仗義感動了，烈焰紅唇明顯理虧，也向張毅道歉。就這麼真刀真槍的一來二去小溪和張毅就成了好哥們好戰友。

小溪還是有些自卑，關係真的好一些了，她卻又這樣想了：我畢竟是個女生，單身狗的帽子誰願意戴誰戴，但是我這副樣子，別說是張毅，張飛要活着也不能看上我啊。

年底了，公司舉行年會，大老闆上台發言。

「各位同仁，感謝大家的一同努力，我們的企業才有了今天的成績……那今天我也要宣佈一件人事任命，張毅在公司工作的這段時間，他的上司告訴我表現總體不錯，因此我決定先任命他為我的助理，日後也請大家多多支持，有不對的地方及時叫他改正，一定一視同仁。」

原來張毅是大老闆的兒子，微服出訪，小溪是又驚又喜，不受控制的瞄了烈夜紅唇一眼，她臉都綠了，一直狂喝冰水。倒也不是小人得志的嘴臉，但的確難掩心中的狂喜，感覺自己中獎了，和大老闆的兒子是好朋友，人生簡直充滿了希望。後來回家，小溪媽的一句話說醒了她。

「跟你有什麼關係，周圍的人和事不管怎麼變，你如果不改變現在這種懶散的狀態，那都是無用的。」

小溪表面不過她媽媽怎麼說，不以為然；實際上，心裡的自卑和忐忑更濃郁了。直到有一天，張毅說他喜歡了一個女生，還給她看了照片，就是那種人人都會說美的妹子。小溪也不知道哪裡來的一股邪氣直接嗆到：「你也這麼俗，這種網紅臉，現在一抓一大把，有什麼好的」，張毅倒也口無遮攔的說了一句，「難道喜歡你啊。」

我的天，小溪當場臉就掛不住了，從未有過的自卑感想趕緊找個洞鑽進去，一下衝到洗手間，看看鏡子裡，好久沒有打理的頭髮，暗沉沉臉，肥得快看不見脖子的贅肉，早上隨便抽出來就穿的衣服。她覺得沒有辦法在自欺欺人下去了，也不喜歡再面對這樣的自己。小溪看到門口等待的張毅，「怎麼啦？生氣啦？不會吧，肯定會有男生喜歡你的，

要不我給你介紹一個？」張毅拿出手機，給她看了一張照片，是一個和她一樣胖，並且長相很有個性的男生，當場心底的白眼快翻到後腦勺，想一巴掌扇過去，簡直哭笑不得。

「看到張毅有喜歡的人，我怎麼會這麼生氣呢？我居然開始質疑自己，甚至想改變自己。」小溪被自己的想法嚇到了。

那一晚她瘋了一樣，把家裡的零食都扔了，還把以前瘦瘦的褲子硬套在腿上，小溪媽都被嚇到了。她還一直罵罵咧咧的埋怨媽媽，為什麼不逼她減肥，為什麼不讓她弄頭髮，臉色那麼難看怎麼嫁的出去。小溪媽不敢相信自己的耳朵，都快激動地哭了，她覺得小溪終於開竅了。

第二天小溪向公司提出想轉到分公司，後來就很少和張毅見面，牟足勁了要把一個全新的自己展示在他面前。經過了漫長的 6 個月時間，她終於瘦了，留了長髮，學會了化妝，更懂得每天要穿搭，高跟鞋不離腳，氣場十足，目睹小溪一天天改變的同事，更是驚訝於她的毅力。可能此刻最適合的一句話就是，挨得住多麼不堪的鄙視，就經得住多大的讚美。

小溪準備好了自己，約張毅見面。我們正面走過，他卻和我擦身而過，因為他差點沒認出小溪，後來她叫住他，他才停下來仔細打量。「天哪，你是小溪？」

「幹嘛，你們男生都是外貌協會的，不認識啦？」小溪一臉得意。聊天後她才知道，張毅有女朋友了，但是改變之後的小溪，不僅是樣貌，

心理也有了變化，自信了太多。

「沒結婚，都還有機會，我喜歡你，我今天的變化，不只是為了我自己，更是為了你。」她大膽向張毅告白，這是小溪人生中的第一次。張毅嘴裡的飲料一口噴了出來。

她默默為自己的勇氣鼓掌。《霍亂時期的愛情》裡面說，人不是從娘胎裡出來就一成不變的，相反，生活會逼迫他一次又一次地脫胎換股。後來，小溪一有空就會約張毅見面，不爭取怎麼知道不可能，別人想什麼或許控制不了，別人做什麼或許也強求不了，能做的就是把想做的盡心盡力做好，沒有遺憾。

張毅終於主動約小溪吃飯，他一邊幫她夾菜，一邊聊着公司的八卦，「烈焰紅唇因為一次重大錯誤被炒了，再也聞不到和姨媽一樣的香水味了！」兩人都哈哈大笑。

「你之前和喜歡的網紅女後來怎麼樣了？現在這個女朋友行不行啊？」

「呦，還記得網紅女呢？」他酸溜溜的說。

「不然嘞？『難道會喜歡我啊？』你說的這句，我記得更清楚。」我耿耿於懷。

「小溪，有的人喜歡你短髮的樣子，有的人喜歡你長髮飄飄，但真正喜歡你的人，會喜歡你所有的樣子，無論是過去還是現在，感謝你為我做的改變。沒在一起上班的時候，你的樣子會時常出現在我面前，

而現在更美麗的你就駐在我心裡吧！」他和女朋友分手了。

　　小溪是個平凡的女孩，卻做了件不平凡的事。她願意為自己想要的生活，改變自己的一切。改變也是一種對待人生的態度，不過，不是因為改變，而換了人生。更多的是，因為改變，看到了更加真實的自己，看到了自己想要的樣子。

　　張毅對小溪表白後，兩人的發展便不得而知了，我想，無論什麼樣的結果，真實的小溪都會很快樂。

71

錯的時間遇到對的人

　　樂樂在一家報社上班，每天朝九晚六，忙忙碌碌，從不覺得辛苦，因為她很喜歡這份工作。射手座，喜歡交朋友，喜歡自由，好奇心很重，她覺得婚姻可能離她很遠，可在認識了家華後不久兩個人就結婚了。

　　朋友說，「你可真行，說結就結了，一看就是真愛。」樂樂也到覺得挺開心，沒有太多的轟轟烈烈，一切都是那麼的順其自然，沒有拒絕。婚後沒多久他們便有了小孩，一家三口出去旅行，一起拍下每一個紀念日的照片，大家都覺得她們一家很幸福。

　　樂樂對愛一直有自己的追求，兜兜轉轉這些年她遇到過自己所尋找的愛情，但絕不是現在的丈夫。家華是個理工男，沒有風花雪月，花前月下，就算是一個主動的擁抱，一個親吻都難能可貴。平時交流得更多的是生活瑣事，各自的工作，上一次兩個人面對面在高級餐廳吃飯是哪天，早就不記得了。就這樣一天接着一天的過着。直到張一的出現。

　　張一是報社新來的同事，年輕帥氣、滿滿的活力，和同事很快就打成一片，有了他，公司都變得熱鬧了許多。張一和樂樂每天中午都會一起吃飯聊天。張一爸媽自小離婚，媽媽改嫁定居法國，張一小時候跟

了爸爸，等到了初中，就去了法國和媽媽住在一起，他孝順、懂事，言談舉止都很溫雅，風度翩翩，有禮貌，很紳士。

　　張一和行政部的茜茜走得很近，每次樂樂和茜茜一起吃飯，張一都主動跟在後面。他也會時常向樂樂打探茜茜的消息。後來樂樂和張一就走的越來越近。

　　「睡了嗎？」張一發了一條微信問樂樂。

　　「差不多了，孩子剛睡。」

　　「你說茜茜願意我跟你們一起吃飯嗎？」

　　「應該還可以吧，反正沒說不願意啊。」

　　「謝謝你啊。」

　　「謝我幹嘛，也沒幫你什麼，就是一起吃個飯嘛。」

　　「看來你挺喜歡茜茜，你沒有女朋友？你這條件應該不少吧。」樂樂試探。

　　「啊？哈哈，沒有，覺得她還不錯。」張一大方的承認了。

　　隔三差五，他們就會在微信上聊聊，工作也好，茜茜也好，最後都互道晚安。

　　有一次午飯，樂樂和張一說話的節奏和頻率總是一樣，兩人經常一起開口，然後又相互謙讓，「你先說，你先說」。點餐也是點一樣。那天午飯後回公司的路上，換成茜茜跟在他們後面，他們有說有笑，偶爾才想起茜茜，讓她走快點。

從那晚開始他們發微信的頻率增加了不少，話題也從工作擴展到了各自的生活，可茜茜佔的部分越來越少。

「其實你挺好的，樂樂，只可惜你結婚了。」張一說得一點也不緊張，很輕鬆，還發了個調皮的表情。

「呵，開玩笑，我當然好了，你才知道啊。」樂樂有點驕傲地酸他。

「跟你一起聊天很舒服，不聊都不習慣了。」跟着一個壞笑的表情。

「然後呢？」樂樂都不知道自己說了什麼。

「然後？」大家都沒有再發信息，過了大概 15 分鐘的樣子。

「我睡了，晚安。」樂樂先開口，結束今晚不知所以的一切。

後來的兩三天除了在公司，私下兩個人都沒發信息。

「週末有空嗎？公司派我去雲南站工作，週日就走了。一起吃飯吧。」張一發出邀約。

「叫茜茜嗎？」

「不用了吧，就我們吧。」

「好。」

一間米芝蓮餐廳，張一先到了，樂樂也很準時。他很紳士的幫樂樂把椅子移開，伸手示意樂樂坐下。「今天這打扮不錯啊，和平時在公司不一樣，眼睛也很美。」張一認真的望着樂樂。

樂樂顯然有被這一系列的動作和話語打動。低下頭，難得的有些害羞。

「這麼會說話，這一餐飯不會是讓我請吧？」樂樂努力調節氣氛的調侃道。

「哈哈哈哈，怎麼會。」兩個人很快就聊開了。

「雲南有洱海，西雙版納，香格里拉可以玩的太多了，有空你來，我帶你玩。」張一說。

「那說好了，我真的會去哦，包吃包住嗎？」樂樂真誠地發問，又把張一逗笑了。

「我走了，會想我嗎？」

「當然會啊，這麼好的同志。」兩人相視一笑，但卻都有些不好意思。吃完飯兩個人肩並肩的走着。

「好吧，保持聯繫。我回去還要收拾東西，從這邊走。」張一回頭手指着自己要走的方向。等到張一再轉過臉來的時候，樂樂的臉就湊了上去，兩個人好近，可以感受到彼此的呼吸，聽到彼此的心跳，從慢變快。停頓了幾秒後，他們的嘴唇輕輕地碰到了一起。

從那天開始他們幾乎每天一有空就會聊天，張一知道樂樂有家庭有孩子，所以都會順着樂樂的時間，也會特意從雲南搭飛機回來和樂樂見面。樂樂也真的以出差為名去了雲南，他們一起在洱海，在香格里拉，那段時間，樂樂好像看到了她夢寐以求的愛的模樣。

他們一起甚至暢想過未來，覺得一切都有可能。瘋狂的兩個人，好像都忘記了自己。

「你會有女朋友嗎？如果你有女朋友了就告訴我，我不會打擾你的。」樂樂有些傷感。張一笑笑並沒有回覆。這樣的日子過了三四個月，終有一天。

「樂樂，我有女朋友了，她看到了我手機裡我們的照片，很生氣，我們以後沒辦法聯繫了。」張一一條微信，等到樂樂再回覆的時候，顯示的是，對方不是好友，無法收到信息。張一把樂樂從微信好友裡刪除了。樂樂想着，看到照片為什麼會生氣，誰還沒有過去。

面對突如其來的一切，樂樂早有準備，只是不知道力度會如此之強，有些事，藏在心裡是莫大的委屈，話到嘴邊又覺得無足掛齒不值一提，這種尷尬對於樂樂來說真的太諷刺了。她努力找事情充實自己，度過艱難的那段時光，她覺得她真的愛了，也不知道什麼時候開始還愛的這麼深。她約了閨蜜，把事情一五一十的說了。

「你傻吧，人家根本沒放在心上，你還在這裡玩失戀，這種事怎麼好認真的。」閨蜜一臉驚訝批評樂樂。

「你有婚姻，你也沒資格要求人家，玩玩就算了，誰認真誰就輸了，醒醒吧樂樂！」

樂樂總以為張一和她一樣，後來才發現，其實是她愛他要多一些。

經過了半年行屍走肉的日子，樂樂慢慢恢復了正常人的狀態，她好像明白了：哪有什麼錯過的人，會離開的都是路人。

有時她放下手中的書，拿起一杯茶，望向身邊電腦前的老公，有段

話特別應景，也許生命的美在於遇見，我不知道這一生會遇到多少人，也不知道會有多少傾心的相遇，或許這世上有很多人都可以驚艷你的時光，但能夠願意留在你身邊直到慢慢溫柔了你的歲月，陪你哭、陪你笑，陪你等待，陪你花開，一生也許只有那麼一個人。

純潔的友誼

君和浩是在工作中認識的，會場裡大家都彼此討論當天的議題，他們雖然第一次見面但也一直交流的很熱鬧，互加了微信。

活動結束後，兩人一直沒有聯繫，但只要一有活動，彼此都會在現場互發信息確認是否來參與了。

一來二去兩人聊得十分投機，幾乎在每個社交平台都有互動，慢慢變成了無話不說的朋友，也知道大家都有了另一半。

因為聊得來，他們開始第一次單獨吃飯，君穿着很隨意，浩卻西裝革履。

「呦，今天怎麼這麼正式？」

「嗨，一會兒還要開會呢。」

儘管浩這樣說，可那天他們天南海北的聊了一個下午。君看了下表問：「你不開會啦？別耽誤你。」

「哦，沒事，還來得及，晚餐的時候呢。」

「這麼晚？」

「你有事？着急走？」

「沒有，我怕耽誤你。」

「剛剛說到哪裡了？」

浩繼續聊着他最近一直在看的《萬曆十五年》，後來還一起去書店，找本叫《巨嬰》的書，兩個人的話題總是那麼多。差不多晚餐前，浩說：「要不接着吃晚餐？」

「啊？你不是開會嗎？」

「哦，也可以推的。」

「算了，下次吧。」

「那我送你。」

就這樣，第一次純潔的友誼之餐耗時整整一個下午圓滿結束。

平日裡大家看到了好的話題，比如書、電影等等，都會交流。去哪裡旅行，也會拍照分享當地美景。不久他們又見面了。這次是因為君剛好要去浩工作的地方辦事。

兩個人沒有約好餐廳，邊走邊找，好像誰也不着急，中午吃飯的時間到處都是人，他們依然慢悠悠的在街上走着，有着說不完的話，無論是速食、日料、酒樓，兩人都表現得很隨意，吃什麼都行，不吃也可，最好一直逛着走下去的那種感覺。只是路過時如果有位子就進去看看，看了看又退了出來。沒有位就直接無視，繼續邊聊邊走。這次兩人更熟悉，聊起了各自的另一半。

「你跟你女朋友好嗎？」

「挺好的，準備結婚了，結婚後我就回老家去。」

「哦，你要離開這裡了？那也不錯。」

「嗨，我其實不適合結婚，我還想賺錢積攢旅費，到處旅行呢，這是家裡介紹的，我覺得也還可以，就同意了。」

「這麼草率啊。」

「我跟你講兩個故事。一個是柏拉圖有一天問老師蘇格拉底，什麼是愛情。蘇格拉底叫他到麥田走一次，要不回頭地走，在途中要摘一棵最大最好的麥穗，但只可以摘一次，柏拉圖覺得很容易，充滿信心地出去，誰知過了半天他仍沒有回去，最後，他垂頭喪氣着出現在老師跟前訴說空手而回的原因：「難得看見一株看似不錯的，卻不知是不是最好的，猶豫再三，翻來覆去想着只可以摘一次，只好放棄，再看看有沒有更好的，到發現已經走到盡頭時，才發覺手上一棵麥穗也沒有。」這時，蘇格拉底告訴他：「那就是愛情」。

後來柏拉圖有一天又問老師蘇格拉底，什麼是婚姻。蘇格拉底叫他到彬樹林走一次，要不回頭地走，在途中要取一棵最好、最適合用來當聖誕樹用的樹材，但只可以取一次。柏拉圖有了上回的教訓，充滿信心地出去，半天之後，他一身疲憊地拖了一棵看起來直挺、翠綠，卻有點稀疏的杉樹。蘇格拉底問他：「這就是最好的樹材嗎？」柏拉圖回答老師：「因為只可以取一棵，好不容易看見一棵看似不錯的，又發現時間、體力已經快不夠用了，也不管是不是最好的，所以就拿回來了」。

這時，蘇格拉底告訴他：「那就是婚姻」。」

那次吃飯後他們聊得更多，家庭、生活、工作，還有最初一直很有共鳴的各種愛好。

兩人依舊聊得火熱，就像是上輩子就認識那種。知心的人總是有聊不完的話，相處起來，便可以忽視了所有的關係。不見時，想見，即使沒有見的可能，創造條件也要見。見了面，就很難分開，東聊西聊，有着聊不完的天，永遠不想結束的時間。

前幾次吃飯都是順便剛好有空就約了，而這次他們都有各自的事情，但是都特意趕到一個地點一起用餐。趕路途中，君的鞋跟壞了，她太想見浩了，一直堅持到和浩見面。

「你看我這鞋跟，要先修一下，累死了。」

「好，我們先修鞋再吃飯。」一路上浩一邊幫君拿着包，一邊攙扶着她。

「嗨，不用攙着，能走，別人以為我腿瘸了呢，哈哈哈……」

「要不我背你？」

「哪至於啊，討厭！」

終於找到了修鞋舖，君脫下鞋後遞給補鞋匠，浩立刻拿出一張紙巾鋪在地上讓她的腳可以休息。補鞋匠拿出個凳子，君看了看，還是選擇了把腳放在紙巾上。高跟鞋把君的玉足弄得又紅又腫，脫下來雖然舒服了，但是看上去遠遠沒有那麼雅觀。浩說「少穿高跟鞋吧，多疼！」

「是多醜吧？」

「那不會，那麼白，怎麼會醜，一白遮百醜啊，哈哈哈。」

鞋子修好後，浩細心的蹲下打算幫君穿上。

「幹嘛？不用了，真把我當殘疾了。」

浩笑了笑沒有接話，等君穿好鞋子後才起身。兩個人開始尋覓午餐。

「真會點啊，味道好吃極了，這頓吃得真的是太爽了。」像這樣的互相稱讚時不時就會出現。

有一天君發了朋友圈感慨姐妹之間的友誼可貴，浩在下面留言說：「是啊，友誼和愛情一樣難能可貴。在我離開這裡之前，我們多吃幾次飯吧。」

君回：「人生啊，相逢總是恨離別，你要離開這裡或許就此別過了。」

浩：「記住彼此青春的模樣吧。」

君：「我的青春會陪我到老。」

浩：「嗯，你在我心中永遠青春美麗。」

後來他們在一起吃飯時，君要求自拍合照。

「你女朋友認識我嗎？」

「不認識，你太漂亮，怕她誤會。」

「哈哈哈，真會說話，那照片呢？你放手機裡會被看到呢。」

「嗨，是你，那就留着唄。」

浩經常在朋友圈轉發女朋友的淘寶店宣傳，君每次都點讚並幫忙

轉發。君也會發與男友出遊的照片,浩也總是那麼及時地看到和點讚。工作上遇到問題時,君會想到徵求浩的意見,浩也會跟君聊起,今天又買了宣紙,可以回家繼續寫大字了。這樣的交流隔三差五就會出現。

　　浩在離開這座城市前,沒有見君,在站口終究是忍不住,給君打了個電話。

　　「我明天回去了,到時候去玩,給我打電話,我接待你。」

　　「你回去後,還能保持聯繫吧?」君小心的問。

　　「可以啊,你有什麼事,想分享的,一樣可以發給我。好朋友嘛,到時你去了我家鄉,我把你介紹給我女朋友認識。」

　　「好啊,友誼萬歲。」

　　「傻樣吧,萬歲萬歲,照顧好自己。」

　　「別擔心,我有男朋友呢。」

　　「可是沒有我了啊。」

　　人生中最美好的時光只有一次,錯過了就很難再遇到。一個打死不說,一個裝傻到底,這可能就有了所謂男女間純潔的友誼。

效忠自己

丁丁和丁麗姐妹倆都是江蘇人，在姐姐丁麗男朋友的介紹下，丁丁和張珂相識。張珂是應用化學的博士，絕對的學霸。

沒多久丁丁和張珂就確立了關係，丁丁對張珂在學術方面的成就很敬仰。

後來張珂作為旅美博士，到美國學習工作，丁丁以家屬的身份一同到美國生活。可好景不長，張珂把實驗室當成了家，除了工作基本沒有任何業餘的生活，更不用說經營婚姻。丁丁從懷孕到生產，再到養育，大部分的過程都是她一個人在面對。沒有工作，生活圈子也基本沒有擴大過，最終在孩子1歲那年，丁丁無法忍受毫無感情交流的僵屍婚姻，選擇離婚，獨自帶兒子回到南通老家。離婚協議中女方沒有要男方的任何財產。

為了給兒子良好的生長環境，丁丁在大學旁邊開了間河粉店，裏裏外外她親力親為。母親覺得她何苦為難自己，三十五了，有什麼事值得她放棄美國的生活，獨自帶着孩子回到小城市求生。周圍的人也是百思不得其解。

　　來河粉店吃飯的大部分人都是旁邊大學裡的學生，一來二去，丁丁就和黃亮認識了。那年黃亮上大三。丁丁從小練體育，還是跳高項目的國家2級運動員，身材很好，長相不能說是沉魚落雁，但也是耐看型。所以不知道年齡差距的旁人，看到丁丁和黃亮走在路上也不會覺得太異樣。但是對於丁丁的母親，那是絕對反對。在母親看來，一個三十五歲的女性和一個大三的學生談戀愛，太過於荒誕。母親認為，一個還沒走向社會的學生，還要經歷太多的磨練和波折，情感道路上很難保持忠於一人。丁丁雖然35歲，但卻和大部分早戀學生那樣只能偷談戀愛，只能每晚通電話，不能出門約會，平日晚回家也要撒個小謊。這樣的關係一直維持着，但是河粉店的生意不盡如人意，沒多久就關張了。

　　關張就意味着斷糧，嗷嗷待哺的孩子怎麼養，如此要強不甘於現狀的丁丁毅然決定重回美國一年，努力打工，孩子交給母親帶。到美國後，儘管前夫始終有重婚的意願，但她卻拒絕了，並沒有多和前夫聯繫，沒日沒夜的在中餐館的後廚幫工勞作，幾乎什麼工作都做過。為了生活得好，她拼盡全力。

　　這期間她和黃亮始終保持着關係，不近不遠，不冷不熱。一年後丁丁回國，短暫的休息後，她開始到上海的服裝店打工，做導購，她大學時學的是服裝設計類專業。黃亮也畢業了，成為了一名公務員，生活軌跡相對穩定。對於公務員來說，三十來歲，還算是年輕，有大把的前程要拼，黃亮也很看得開。

「沒想到，你也單身這麼久。」丁丁和黃亮見面後，第一句就是感慨。

「一直沒遇到像你一樣的女人，就一直這麼單着唄，單着也挺好的。」黃亮看着丁丁，眼睛水汪汪的。

「有些事，不值得，又沒有結果。」

「什麼結果不結果，我只知道捨不得，又無法靠得太近。」

「能怎麼樣呢？你，我，什麼都做不了，還要一天天的這樣過着。」

「其實，就這樣過着也挺好的，做或者不做又有什麼區別，努力去做就是了。萬一哪天可以了，也就自然的在一起了。」

丁丁始終在自己的路上沒有停歇。她不斷地努力，想靠自己過上想要的生活，後來終於和朋友合作開了服裝公司，無論是規模還是利潤都在逐年的擴大。她想着可以讓兒子過幾年就去美國留學。

這時候的丁丁，有了很多追求者，為了各種目的而來。丁丁是個商人，和這些人始終保持着朋友關係。她也不是沒嘗試過，忘掉婚姻，結束和黃亮的關係，可每次都做不到。丁丁將敬仰當成了愛，當初看上了張珂的能力和優越的生活環境，再加上人也挺好，就那麼談着談着結婚了。談不上心動，但期待心動。婚後是如此的現實，張珂埋頭進了工作裡，沒有浪漫，沒有愛情，只有生活中的家長里短，還有需要照顧的孩子，甚至幾個星期都見不到張珂的影子。人很好，沒有外遇，但卻也枯燥的緊。丁丁提出離婚後，張珂表現得很平靜，就像是兩個陌生人在

街邊聊天一樣。丁丁這才明白，自己自始至終都沒有心動過。

丁丁遇到黃亮後，是真的心動了，仿佛是回到了初戀的感覺，偷偷摸摸的愛情，甜蜜親昵的戀人，浪漫從沒缺席過。終究逃不過現實，就像初戀的結束一樣，現實的重重一拳打在了這段感情上，將裂未裂，就這麼得過且過了。丁丁和其他男人也相處過，沒有張珂帶給的平淡，卻也沒有黃亮帶給的觸動。丁丁將自己埋頭在工作上，只為了美好的生活而努力奮鬥。

丁丁的姐姐丁麗一家，通過張珂的關係成功移民到了美國。而丁丁對於未來生活並沒有太多具體的計劃。至少和黃亮之間似分又沒分的關係，她是可以接受的，40 幾歲的她一直相信一切都有可能。

她曾經和黃亮徹底分手過一次。

「我們分手吧。」丁丁拿起酒杯怔怔地看着黃亮。

「再堅持堅持好不好，或許還能看到希望。」黃亮有些痛苦，也有些迷茫。

「你現在條件還不錯，還能再找一個，何必等那個虛無縹緲的可能。再這麼和我耗下去，你能有什麼結果。」

兩人沒有碰杯，丁丁默默地一飲而盡，就這樣離開了。

而兩人的關係卻並沒有就此結束，丁丁回去後，滿腦子都是黃亮，工作和生活上處處都彆扭，心裡彆扭。

丁丁這才發現，自己沒有辦法離開黃亮，黃亮給自己的是一種可

以依靠、可以信任、可以無話不說
的感覺，是無法擺脫的心理依賴。
丁丁想忘記，卻想得次數更多了。

丁丁又回到了以前開河粉店
的地方，這裡現在開了一家茶餐
廳。丁丁走了進去，看着港式的
裝潢，琳琅滿目的食物圖片，一
張張桌椅，和坐在角落裡那個熟
悉的背影。她停住了腳步，不知
道自己該不該過去，不去，想去；
去了，又座不會有結果。黃亮回過頭，走了過來。他來到了她的身邊，
沒有任何觸碰，也沒有過多得話語，只是閉上眼睛說到：「我離不開你，
你也離不開我，可能我們註定今生都無法擺脫對方，又無法全心全意的
在一起了吧。」說完就走了。

兩人恢復了交往，不鹹不淡，卻又無法割捨。

丁丁這才明白，就算他們在任何方面都不會有結果，心裡的牽掛
是擺脫不了的。他們彼此都有着無法拒絕的依賴，已經養成了習慣，是
心靈深處需要有所依託的人必須要面對的現實。對於她這樣一個倔強的
女人來說，這也許就是心中的弱點吧。丁丁開始享受現在的生活，她覺
得幸福和婚姻無關，效忠自己才可以擁有幸福。

思念如秋水煙波

在錄製一期有關敘利亞問題的訪談節目時，評論員唐碩西服革履的第一次出現在張曉面前，唐碩是節目嘉賓，張曉一邊斟茶倒水，一邊寒暄。

「唐老師，您來的路上堵車嗎？」

「我是坐地鐵來的，最怕遲到，你們那麼多人等我一個，多不好意思。」

張曉被不少耍大牌的嘉賓整怕了，遇到這麼善解人意的嘉賓，親切感倍增。

評論員很多，但是能有獨特觀點，洞察力敏銳的真不多，唐碩就是其中之一。因此唐碩來做節目的時候，張曉都會聽的很入神，原本只需要錄 30 分鐘的節目，張曉就是不示意結束，錄到 45 分鐘，在場的工作人員開始不斷提示，她才回過神來，這可讓後期剪輯的同事怨聲載道。台裡的領導希望節目可以邀請多元的嘉賓來評論相關話題，張曉卻對唐碩非常熱衷，幾乎每週都要約唐碩來參加節目兩次。

張曉本身對時政類的分析就很感興趣，因此平時有什麼國際大事發

生時，她都會主動發信息請教唐碩。一開始她覺得唐碩肯定很忙，也不會搭理她，至少等他回覆肯定要很久。出她意料的是，每次他們都會很順利的聊上一會，不過基本聊得都是新聞和時事，很少聊到各自的生活。

後來每到唐碩下午要來公司錄節目的時候，張曉都會邀請他早點來，中午一起吃個飯。一來二去的兩個人熟悉了不少，有時候張曉也會突發奇想，試一試唐碩盤子裡的菜，還會主動把自己認為好吃的夾給唐碩，唐碩沒有拒絕的意思，也沒有多熱情的回應，只是默默的低頭一邊吃飯，一邊繼續聊着當天要討論的話題。

張曉卻開始情不自禁的在逛書店、聽廣播、看新聞時，看到任何有意思的事，都會不自覺地的拿起手旁的電話，想和唐碩分享，聽他分析。只要能聽到他說話，張曉就會感覺非常開心。有時候他會回覆，有時候不會，時間長了，唐碩似乎有點不耐煩，回的次數也慢慢變少了。張曉也覺得是不是太頻繁了，總是打擾人家，也刻意控制自己。但是每次想發信息交流又要克制自己的時候，糾結半天，還是發了，越發越多。張曉覺得對唐碩的感覺不知道是從什麼時候開始的，早就變成了這麼的不可或缺。但是明顯感受到，唐碩對於自己的主動，越來越冷淡了。來公司錄節目，中午一起吃飯的次數也變少了。

有一次在灣仔的會展中心，參加論壇。

「唐老師，您在嗎？我在會展。」張曉發信息後，手機熒幕一直朝上，緊緊地拿在手裡，等着回覆。

過了大概 15 分鐘的樣子，唐碩回覆了。

「我在，不過一會兒要出差，所以會提前離開。」語氣裡有拉開距離的意思，張曉卻覺得只要是回覆了，便是對她的熱情。

「您坐在哪裡啊？旁邊有位子嗎？」她迫不及待的想見到他。

「挺滿的，有什麼事？」會展本來就十分的火爆，怎麼可能還會有空出來的位置。

「哦，沒事。」張曉有點不知道怎麼回答。

「出去吧，門口見，我差不多也要走了。」

「好的。」張曉掛了電話，便去門口等了。

在門口，張曉把頭髮捋到耳朵後面問：「唐老師，您去哪裡出差啊？那我們的節目是不是最近不能參加了？」

「對，這次大概兩週時間，看看回來有沒有時間過去錄節目。」

「唐老師，我最近給您發信息，看您都沒回，是不是很忙啊？」

「對，是有點。」

張曉和唐碩對視了幾秒，誰也沒說話。後來唐碩向前，擁抱了張曉，擁抱有很多種意思，但這個絕不是緊緊相擁的那種。

「好了，我差不多要走了，照顧好自己吧，最近天氣變化大。」顯然這個擁抱讓張曉有點蒙了，莫名的有點激動，但是又很快要揮手再見。

離開會場的路上張曉會一直盯着一個地方看，發呆。腦子裡什麼都沒想，只是心情不太好，原因說不清也道不明。

　　三週後，張曉嘗試約唐碩來做節目，可唐碩說在另一個地方有講座，這樣的拒絕大概有過兩次，張曉有點失望。

　　唐碩結過婚，是個熱衷於做學問的人。他社會地位高，有各種教授的頭銜，對政治深有研究，也經歷過幾次宦海沉浮。他的前任妻子屬於政治聯姻，兩人沒有生過孩子，後來一場意外，妻子為了保護他而去世了。後來，唐碩辭掉了工作，專心做起了學問，出於分享的心思，發表過不少文章，沒想到，得到了很高的評價和社會熱度，此後便成了焦點人物，經常有各種欄目邀他做講座和訪談。

　　唐碩是個人生閱歷豐富的人，識人看人都很準。當他遇到張曉的時候，心裡便有一種說不上來的感覺。在他看來，張曉是個很知性的人，愛觀察、愛分享，對於時事也有一定的見解。他也很樂意接受張曉的邀請，去她的節目裡作嘉賓。隨着張曉給他發消息越來越頻繁，他開始意識到什麼。

　　怎麼說呢，他對張曉是絕沒有心動的感覺的，只是那種熱情，那種向日葵想着太陽的感覺讓他很舒服，當然，他是太陽。他從沒太在意過張曉的消息，對於他來說，張曉和那些經常問他一些事情，找他討教學問的人沒什麼區別，只是更熱情主動了些。有時候他看到她的消息有些過於頻繁，也就不太想搭理了。

　　隨着張曉約他見面的次數增多，他通過多年的人生經驗認為，張曉喜歡他。被人喜歡，自然是一件很開心的事情，唐碩一直和她保持着禮

貌的朋友關係，當覺得張曉過於熱情的時候，總會疏遠一下，以示警告。

張曉是沒有這種察覺力的，對於張曉來說，唐碩稍微的一點好感，都會被放大成幸福。而唐碩的有意的疏遠變成了為他考慮，他很忙，他沒時間等等。

正如大多人一樣，當一個沒有感覺的人離開自己視線，加上自己的有意疏遠以後，便會成為唐碩的路人。唐碩對張曉的在意越來越少，也不太想往來了。而張曉則是過了很久，試探過很多次以後，才認識到這一點。這就是偷偷地喜歡的感覺吧。

張曉一個人的心動，顯得單調。她又沒有去太過主動的追求，失望變得越來越多，然後就成為了遺憾。她將愛藏在了心底，開始刻意約束自己的行為，嘗試忘掉他，忘掉這種感覺。

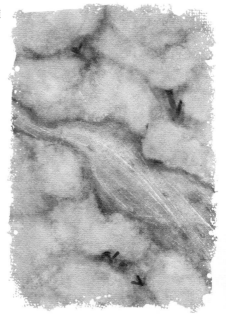

沒多久這個節目沒了。張曉沒有了失望的理由，也漸漸戒掉了發信息給唐碩分享時事的習慣。

有心戀上無意，隨花而落，隨風而息，不去過多得追求什麼，也不作過多得糾結，一切都是這麼的自然，思念如秋水般清澈，如煙波般浩渺。

這一切值不值得

幾年前如果做或不做那件事，你現在過的或許會更好些嗎？

佳依，生的漂亮，身材高挑，長髮飄飄，學習又好，元氣滿滿。引來了不少女生的嫉妒和男生的愛慕。

佳依和博文在圖書館認識。

「這位置是我一早佔好的，我的書呢？」佳依埋怨。

「我以為是誰忘記拿走了，誰知道是你的啊。」博文沒有抬頭，小聲用手機問同伴什麼時候來。

「我問你我的書呢？趕緊還給我！」佳依見博文愛答不理的，更是生氣。

「在對面。誒，你來啦？」博文應付了佳依後，招呼同伴坐下。博文起身繞開站在原地不依不饒的佳依，180 的個子，亮色的帽衫，運動短褲，看上去花裡胡哨的喬丹籃球鞋，脖子上還掛了一根粗粗的銀色飾品，滿身充斥着玩世不恭的富家子弟氣質。

佳依看到自己的書擺放的位置那裡到也沒人，攥着小拳頭，不情願的移步過去，沒再多說什麼，坐下開始看書了。

沒看一會兒，媽媽的短信來了。「今晚自己吃飯，我有事。」

佳依從小是媽媽帶大的，長大後媽媽時常不在家，隔三差五就會換工作，收入不高也不穩定，家裡條件艱苦。佳依很少逛街、買衣服，每次看到其他同學買了新衣服、新的背包，她也會非常羨慕，但從不怪媽媽沒給她提供好的條件。

一天晚飯後，佳依在學校操場散步，發現有幾個男生在一個小角落一邊彈吉他一邊說說笑笑的，彈的曲子也是她最愛的周董的歌。再仔細一看，這不就是圖書館搶她位置的男生嗎？就這麼看着、想着，一不留神，左腳拌右腳，摔了個大馬趴，還伴隨着她嘹亮的叫聲。天呢，佳依覺得糗大了，那幾個男生讓人討厭的大笑聲也不出意外的傳到了她耳朵裡。

「你沒事吧？」博文上前問候。

「啊，沒事。」佳依的臉通紅。

「呦，你不就是圖書館亂擺書的那位嗎？」博文認出了佳依。

「誰亂擺了，明明是我提早佔好的位置，我還沒跟你理論呢，你還敢反過來教訓我！」佳依撣着褲子上的土，憤憤得說。

「我叫張博文，要不你以後去圖書館提早跟我說，我幫你佔位置。」

「啊？這麼好的嗎？那個，我三班的，叫王佳依。」佳依臉又紅了，心砰砰跳得厲害，顯然對突如其來的示好毫無防備。

後來，博文去圖書館前都會去3班問問佳依要不要一起，佳依先是害羞拒絕，慢慢的不但一起去圖書館，還會一起午餐，一起放學。

佳依就算不是校花，也算是閉月羞花了。博文是學校的風雲人物，家裡條件沒得說，愛打籃球，愛去圖書館，能文能武、陽光帥氣的少年，俘獲了無數少女的心。可很多事情明明是兩個人的事情，卻有幾十個人議論。有很多人覺得他們不會長久，家庭環境差距太大了，也有人說佳依會因為實力配不上野心，會痛苦。

佳依的自尊心很強，她不喜歡這樣的議論。她自問，哪裡有什麼野心。她無法接受別人的指指點點，可被人說的多了有時也會懷疑自己，「難道我和他真的不配嗎？」她更不懂怎麼調整自己的心態，經常會把怨氣發在博文的身上。時間久了，博文就覺得佳依越來越不可理喻，經常因為一些小事吵的不可開交。

「佳依，我們都冷靜冷靜吧，這樣太累了。」博文說。

「我不需要冷靜，有什麼就說出來，我哪裡有問題，你說啊，說出來我聽聽啊！」佳依步步緊逼，逼的博文透不過氣，博文多是忍讓和躲避。

佳依的學習成績開始下滑，每天垂頭喪氣悶悶不樂。媽媽也沒太過問，一直為了生計奔波。每次回家看到媽媽疲憊的樣子，佳依什麼也不想說了，將一切悶在心裡，煩惱越積越多。

「中午還吃不吃飯了？」佳依走到博文的教室門口大聲地問。博文猛一抬頭愣住了，也有些不耐煩，當着這麼多人，又是在發什麼瘋。還沒等他起身走到門口，佳依橫眉冷眼的繼續大聲吼。

「你老躲着我算怎麼回事啊？有什麼給我說清楚，這算什麼？」博文看着佳依那張氣到變形的臉，突然覺得她變得好像一個潑婦，完全不想再面對。

「你冷靜了嘛？還能好好說話嗎？」博文淡淡的問。

「我想跟你一起吃飯，想跟你一起回家，想跟你去圖書館，想跟你聊天。」佳依大哭。

「佳依，你變了，你看看你現在這樣子。」

「我變了？是你變了吧？別找理由，離開我，我就死給你看。」佳依歇斯底里的威脅着。

「佳依，你這樣只會推開我，沒有任何意義，你怎麼不明白呢？」無論博文怎樣說，佳依都聽不進去，兩個人的事情在學校鬧的沸沸揚揚。

　　博文的媽媽被請到了學校，老師小聲告訴她，王佳依媽媽始終都沒時間來學校，對女兒在學校的表現也不太關心，爸爸早就沒在一起過了。博文的媽媽大罵兒子，怎麼會和這樣的女生有瓜葛，有失身份，並提出要和女生談談。

　　「你是王佳依？」博文媽媽上下打量，低氣壓，空氣凝固。

　　「挺漂亮的女孩兒，好好讀書，別想着博文了，他可不是你能想的。」一股強大的氣場，幾乎壓的佳依喘不過氣。

　　「阿姨，我想什麼，您能控制嗎？」佳依一開口，氣勢十足，生怕被壓了過去。

　　「你這孩子，怎麼不知好歹？你知道我們博文在什麼環境下長大嗎？你看看你，一點都沒有自知之明。」博文媽媽拉開了撕破臉的架勢。

　　「原本我認為博文的家教不錯，但是今天看到您，真讓人懷疑。」佳依不緊不慢的說着，像是在發洩。

　　「我沒功夫跟你在這裡扯，離我家博文遠點。」博文媽媽氣冲冲的摔門走了。

　　開啟戰鬥模式、一身盔甲的佳依，突然癱軟在地上，像泄了氣的皮球，無力、無助。

　　那晚回到家，她原本打算和媽媽說，可媽媽又失業了，一臉沮喪，不停的跟她念叨單位的各種欺人太甚，不如意。佳依覺得天旋地轉，看到媽媽的樣子，看看鏡子裡的自己，她心裡無數次的問，難道我不值得

被愛嗎？

　　那一年，她輟學了，那個愛去圖書館，學習成績優異的佳依不見了，變成了一個時不時會來學校閒逛的、濃妝艷抹、穿着清涼的社會小太妹。

　　聽說博文媽媽禁止博文再接近自己後，佳依開始變得更加急躁，經常無理取鬧，糾纏博文，最後博文媽媽承諾只要佳依不再騷擾博文，就可以出錢送她出國留學，佳依同意了，後來就沒再上學。

　　直到高考後大家都上了大學，佳依也花錢上了一所大學的國際學院 2+3 課程，2 年在中國，3 年在澳洲。但在國內讀完 2 年後，最終也沒出國，早早就進入社會找了一份客服的工作，維持生計。

　　你遇見千千萬萬個人，但沒有一個能觸動你，然後你遇見一個人，你的生活從此改變了，永遠地改變了。可這種改變真的與他有關嗎？他是不是僅僅是推波助瀾而已呢？時光不比人，它脆弱，它禁不起來來回回的辜負，況且何苦要這樣辜負自己呢？

　　再次出現在同學聚會上的佳依，已經為人母了。進入社會後，她在夜場遇到了現在的老公，一個小有名氣的音樂人，一窮二白的堅守夢想。他們三口和公婆還有姐姐擠在一間不足 60 平的房子裡，雖然拮据，但日子過的也說的過去。

　　有次聚會，佳依說想離婚，實在受不了丈夫時不時動手的行為，有時候嚴重到想報警求助。朋友也勸她離了吧，家暴是癮啊，改不了。可她又心疼孩子。

　　婚後她幾乎沒有自由，每次都是出門後才化妝，回家前就卸妝。朋友看着佳依都不知該說什麼。佳依總有一句話掛在嘴邊，「做好該做的吧，一切都會好起來的。」

　　幾年前如果做或不做那件事，你現在過的或許會更好些嗎？

　　張小嫻說，人生是有很多限制，但是，人生的限制反而讓我們有突破的可能和努力的空間。你永遠不知道你能夠成為一個多好的人，直到你願意努力去改變和突破自己。

差異，兩人時常吵架，吵架後又會緊緊相擁。這段感情持續了很久，直到現在。

吵架讓麗君很痛苦，而吵架的原因比如，每到生日，男生都會問麗君，想要什麼禮物，麗君都會說，不用了吧。結果就真的沒有禮物。類似這樣的小事，實在太多了。

麗君的感情比較豐富，享受同一頻道心有靈犀的感覺。可每次，好像頻道都不對，男生始終都無法理解麗君的意思。但 35 歲比較保守的麗君，也不敢輕易放棄這段比較穩定的感情，畢竟在香港無依無靠的，也算有個陪伴。目前麗君的感情狀態，用騎驢找馬來形容更加準確。

工作上麗君很清楚，她只能靠自己在香港生活。所以，她只有努力往上爬，拿到讓自己更滿意的薪水才可以住得好、吃得好。她一邊工作，一邊又讀了港大的金融研究生。這期間麗君很辛苦，大量的作業、大量的工作，她起早貪黑咬牙堅持。儘管租的房子依然是較久的商品樓，可當別人問起時，她都只會說自己住在太古。

她的閨蜜經常會問她，有沒有想要回成都，畢竟成都也算是大城市，她也曾經是當地小有名氣的醫生。她都會直接說，我過得很好，又不是混不下去，不想回。正因為她在成都小有名氣，所以她不斷提醒自己不能回頭，要活得五彩斑斕。在她看來是為了自己，可勸她回成都的朋友卻始終覺得，這都是為了在香港置業的那個人。

　　她去香港的初心，或許還帶着些對富商的不捨。來到香港後，她看到了更多，也經歷了更多。不是說，她到了香港，才做了自己，而是，她一直在為自己而活，這是人人羨慕的生活，也是一種能力。

三、

　　曾賢，男，福建人，福州大學畢業，香港金融學院研究生畢業，官二代，在金融機構做交易員。

　　陽光帥氣、女人緣很好。大學畢業後，到香港讀研究生，原本打算畢業後就回福建，最終留在了香港。

　　研究生期間算是學校的風雲人物，一表人才，又能言善辯，吸引了不少女生的關注。

　　當時他有女朋友，福州大學是內地出了名的富有浪漫氣息的大學。兩個人是同年級、不同專業的同學，在學校的舞會認識並相戀。由於都是福建人，兩人發展迅速，兩家父母也都非常滿意。

　　眼看就差結婚了，但男方家長的意思是，都還年輕，男兒志在四方，應該去香港深造兩年，再談其他也不遲。因此，兩人保持着異地關係將近 1 年。

　　男生性格開朗，如果喜歡他的女生會覺得他是個中央空調，對誰都好，卻不可靠。對於不喜歡他、只作朋友的女生來說，他是男閨蜜的不二人選。

　　來到香港後，多彩的社會，幾個背景相同、隻身一人在香港的內地同學，三兩天就會有個聚會。離島小旅行，以及各種休閒活動，大家迅速抱團相親相愛。

　　他們的微信裡有個吃貨小分隊群組，男女比例大概是四比七，女多男少，每次聚會，曾賢都會準時出席，他算是這個圈子裡最帥的男生，因此，有他的群組裡，女生只會越來越多。他也會時不時單獨約一些女生吃飯、看電影。不太友善的一些朋友，就覺得他是在尋找獵物，廣撒網。

　　那時他福建的女友還在，在這期間，也來找過他兩次。

　　第一次來，曾賢帶她去茶餐廳，點了一份例牌。

　　女生：這裡人態度好差，這例牌肉也太多了吧。

　　曾賢：你之前吃過嗎？茶餐廳可是香港最地道的美食了，很有特色的，我經常吃。因為這裡很多都是街坊來吃，大家都很熟了，而且人多，所以難免他們態度差點，也沒什麼啊。

　　女生沒有再多說什麼。

　　下午曾賢又帶女生去了一家中環的咖啡店，小資情調，小小的店舖放了很多舊舊的英文書，老舊照片，復古風。服務員是個外國人，曾賢點了一杯店長推薦，女生不太懂，只能照單一樣。

　　女生：看來你很喜歡香港？

　　曾賢：朋友多了，玩得多了，就發現香港這個地方藏了太多奇妙

的東西。

女生：廈門也有很多這樣的咖啡店啊。你還有一年畢業了，到時我們可以天天去。

曾賢也沒有接話。

第二次來的時候，曾賢帶着女朋友和自己香港朋友一起吃飯，但女生全程都沒能說上幾句話，因為他們一直在討論什麼時候約着一起去夜釣墨魚，一起租船出海開趴，去塔門露營跨年，去行山；他們還會穿插着講幾句粵語的髒話來互相調侃。晚飯後，他們又一起到紅磡的路邊攤，繼續擼串、喝酒，女生卻說不舒服先回去了。

女生回福建後不久，男生就在電話中提出了分手。

女生：你這兩天都沒來電話。

曾賢：我們去露營了，信號差。

女生：看來你身邊的任何事，都比我重要。

曾賢：分手吧。

女生：什麼？我還沒說，你倒是說了。

曾賢：我畢業後應該會留在香港，我喜歡這裡。

女生掛掉了電話，沒再多說一句，覺得多說一個字都累，能明顯感覺得到，兩個人選擇了兩個方向，越走越遠。

沒過多久曾賢就帶另一個女生開始參加大家的聚會，這個女生長相非常普通，可性格好，是名精算師，工作能力、學習能力都十分了

得，這也是他現在的老婆。

兩個人在一次金融會議上認識，女生是會議的其中一名發言者，邏輯清晰、專業度高，英文流利。會後，曾賢主動上前要了聯絡方式，開始交往。

有一次吃飯，女生問他怎麼沒有女朋友，他說了很多和前女友之間的問題，女生覺得這男生說的也太多了點。心想着，如果自己和他有什麼，他會不會也跟其他人說，所以對他的印象不太好。可還是會每次和他見面，跟他一起去參加聚會。每次聚會，男生都會隆重的介紹她，說她是精算師，有國際的牌照，很牛、很屬害等等。

後來有一次，女生說，你幹嘛老是在朋友面前說我啊，弄得我都不好意思，多尷尬。曾賢說，因為我想讓別人知道我女朋友有多屬害啊。女生看了他一眼說，誰是你女朋友。女生把對他印象不好的原因說了，曾賢這樣解釋：「因為我把你當成自己人，才敢開心扉，有什麼說什麼。」女生後來也就默認了。

交往了沒幾年他們就結婚了，以前福州大學的同學來參加婚禮，都議論，曾賢好像變了很多，跟他聊天覺得他對周圍的一切要求很高，希望自己的工作體面、老婆優秀，生活小資。

可曾賢覺得，他以前就是這樣的人，只不過香港會把每個人的優缺點都放大。他從不覺得自己辜負了前女友，也不覺得自己變了，他只是覺得他適應了香港的生活。

很多人說，燈紅酒綠迷人眼，霓虹燈下沒有晚安。其實，站在霓虹燈下的人，是享受這種感覺的，不然也不會站在那裡。

霓虹燈下的愛，精彩又真實，更多的是對生活的嚮往。

藏在歲月裡的愛

不求與子偕老，只願歲月共好。

一望無際的田野裡，麥浪翻滾，好似海洋般波濤洶湧，泛起層層疊疊的金黃夢想。

一聲聲啼哭打破了靜謐的氛圍。麥浪盡頭的驅魔廟門口，赫然躺着兩個粉妝玉裹的孩子。

這是廣西萬千大山深處的一個小村莊，擁有着最樸素的民風和最古老的風俗傳統。大多數的村民都世世代代生活在這裡，過着男耕女織、安貧樂道的生活。對於村子來說，走出大山，還考上的大學的孩子，那是全村的驕傲，是所有人的榮耀——舒倩就是其中之一。

舒倩出生在貧苦的農民家庭，從小就對外面充滿了好奇。隨着教育往大山深處的普及，舒倩對書中所描述的那個高樓大廈、燈紅酒綠的世界愈發嚮往。

作為村裡第一批走出大山的孩子，舒倩靠着自己的勤奮努力，在省會南寧紮下了根。舒倩經歷過貧苦的生活，為了走出大山，為了讓父母家人過上好日子，舒倩養成了要強、獨立、敢打敢拼的性格。

　　大四的那年，舒倩為了掙學費、減輕家裡的經濟負擔，經過激烈的競爭後終於成為了有錢人家的家庭輔導老師。這家的男主人叫秦康，女主人在婚後不久就病逝了，只留下兩個聰明伶俐的兒子。這也是舒倩第一次認識到有錢人的生活。

　　年僅三十歲的秦康，也是貧苦家庭出身，靠着自己的努力拼搏，乘着改革開放的東風，一步一步將自己的企業做到了全市排名第六。他有着一棟市中心的大別墅，家裡有保姆，出門有司機，美味的飯菜，新鮮的進口水果，歐洲的紅酒香檳，連傭人都是穿的名牌衣服。

　　儘管舒倩憑藉着自己的努力，擺脫了大山，擺脫了貧困，但這樣的生活，仍然是遙不可及的。舒倩每次輔導完功課以後，都會有司機送她回家，她從來不讓司機送到她家樓下，而是送到附近的大型商超，然後走路回去。

　　秦康作為大公司老闆，每天都很忙，難得的空閒時光，想到的也是兩個不省心的兒子。

　　「老李，我聽劉秘書說，給我那兩個不爭氣的兒子請了個輔導老師，教得怎麼樣啊？」秦康坐在豪華轎車的後排，和司機老李聊着。

　　「老闆，新來的那個輔導老師叫舒倩，大學快畢業了，做事非常認真，兩個小少爺跟着這個老師可乖了，學習也有了很大的進步。只是——」司機老李一邊開着車，一邊介紹着舒倩的情況，語氣忽然頓了一下。

「只是什麼？」

「不瞞您說，我按照您的要求，每天都會送她回家，只是每次她都讓把她放在商超附近。剛開始沒什麼，次數多了，我也好奇嘛，我後來發現，她從商超下車以後，還要多走一公里路，才到家。住的地方是個很破舊的社區，髒亂差，對於女孩子來說很不安全，生活環境也不好。」司機老李有些同情地說到。

「嗯，舒倩的生活情況我也多少瞭解點，不過，沒想到，她是一個這麼要強的女孩兒啊。」秦康有些欣賞的說到。

「老闆，不行您幫幫她吧，一個女孩子家家的，孤身一人在外面闖蕩，也不容易。」司機老李說到。

「這樣吧，你先從側面問問舒倩，給她安排個新的住所，舒倩願意的話，白天可以來我公司工作，晚上來輔導兩個孩子功課。」

「好的。」

舒倩是個要強的女孩，當她聽說秦康要幫助自己的時候，是拒絕的，但司機老李的一句話點醒了她：接受幫助，只是為了變得更強，不要把別人的幫助看作施捨，這是自身價值的體現，沒有人會無緣無故的幫助你，只是為了讓你發揮更大的價值，所以，坦然接受吧。

舒倩最終接受了秦康的幫助。兩人為數不多的接觸下，她感受到了他對人的謙和、真誠，永遠給她一種值得信賴的感覺。

過年的時候，舒倩錯過了回家的車票，不知秦康從哪裡得到了消

息，邀請她參加了家宴。

「秦總，您好，一直想表達對您的感激之情，您提供的幫助，我會盡力報答的。」她一連串說了很多感謝的話，也覺得自己很幸運，不是每個人都有自己這樣的運氣。

「我們公司做慈善已經很久了，你們這樣的年輕人值得大家一起幫助，更何況，你也在用努力證明自己，我兩個兒子應該多向你學習。」他說起話來從來沒有距離感，很親切，健談。

「秦總，您這麼年輕，就有這麼大的成就，是怎麼做到的啊？」她崇拜地問道。

「社會價值。當我們為社會和他人創造的價值越大，得到的自然也越多。」他注視着她的眼睛，認真的說到。

舒倩雖然沒有聽懂，但將這句話永遠記在了心裡。

秦康看着舒倩有些迷茫的樣子，也沒有過多的解釋，轉移了話題，討論起了兩個孩子的寒假補習計劃。秦康提出，應該讓兒子去鄉村體驗下生活，平時生活條件優越，在家如龍似虎，一旦出了門有時候就變成怯生生的小白兔，大氣不敢喘，男孩子多少應該培養些狼性，吃苦耐勞的精神，意志力。

「不要刻意安排什麼，一切都隨着當地的實際情況，千萬不要考慮孩子受不了，去了就是吃苦的，我會和他們一起去住幾天。」秦康擔心把體驗生活變成了高端的農家樂。

　　她被他的教育思想所觸動，在自己的家鄉，都是貧苦家庭，每天都有幹不完的活兒，但哪家的父母對孩子不是捧在手裡怕掉了、含在嘴裡怕化了？生怕孩子跟着自己吃苦受累。而秦康家有着優越的生活環境，卻一直想着讓自己的孩子多吃些苦頭，好好磨練磨練。

　　舒倩想到了自己的家鄉，雖然山清水秀，同時也是窮鄉僻壤，符合條件。

　　他雖然是貧苦家庭出身，但看到她的老家還是倒吸了一口涼氣。土房青瓦，一扇破舊的木板斜靠在門口，仿佛一推就倒了。水還是吃井裡的，要靠壓水機一點一點的抽出來。能稱得上電器的，也就幾個亮起來發着黃光的燈泡。舒倩父母明明四十多歲的年紀，看起來卻像七八十歲的樣子。

　　兩個兒子看到這樣的景象，就想跑，還是秦康連拽帶威脅的才把他們留下來。兩個兒子為了心愛的樂高玩具和潮流衣服，答應在這裡暫且呆上一個月。

　　令秦康和舒倩都沒想到的是，兩個孩子幹完農活後，很快就和村裡的孩子們玩到了一起。看着這些孩子無差別地都掛着天真快樂的笑容，誰能想到，以後的生活會天差地別。

　　大山裡的生活帶給了兩人難得的寧靜和安詳。

　　夜晚，繁星點點，微風帶着大自然的清香，隱約可以聽到大山深處的蟲鳴鳥啼，還有小溪快樂的奔流。

　　她借着月光，坐在籐椅上，看着書。他看到月光灑在舒倩完美無瑕的臉龐，那雙水汪汪的大眼睛正認真攝取着書本的知識，晚風帶着舒倩的衣擺輕輕飄動，他的心顫了一下。

　　自從妻子離世後，秦康就一直埋頭在工作當中，一天從早忙到晚，很少有陪孩子的時間，更別提帶給兩個兒子溫暖了。反而是舒倩的到來，讓兩個孩子開心了不少。

　　他環顧四周，她從這樣的環境下成長起來，要強的性格和自己很像，那認真讀書的樣子更是宛如一幅畫。

　　他靜悄悄走到了舒倩身邊，她感到身後的呼吸，驀然回首。

　　「那什麼，你這看的什麼書啊？我看你看得挺入迷的。」他眼神有些慌亂的說到。

　　「沒什麼，就是一些雜書。」她尷尬的合上書，假借困意溜進了屋子裡。

　　第二天開始，秦康時不時就會不自主地看向舒倩，她感覺到他看過來，連忙低下了頭，臉色羞紅。就這樣，一起吃飯，一起幹農活，一起欣賞自然景色，兩人相互陪伴、傾訴、依託，戀愛了。

　　寒假很短暫，秦奮和秦強兩兄弟從剛開始的百般不願呆在這裡，變成了不捨和留戀。

　　回到城裡後，他想和她保持戀人關係，她拒絕了。

　　舒倩是個要強的女孩，不想被人說成是攀高枝，更不想就這樣，變

成他的附屬品，一直在他的愛護下生活。舒倩有着更大的目標，她想通過自己的雙手去奮鬥，想離開廣西去更廣闊的天地去走一走，看一看。

舒倩毅然辭職，斷了和他的所有聯繫，將美好的時光封存在了歲月裡。

舒倩傷感，秦康悵然，兩人都悲傷了許久。

這晚，舒倩嘔吐不止，腦海裡第一個想到的，還是他。舒倩忍住了，在凌晨一個人蹣跚下樓，一個人打車去醫院，一個人扶着醫院樓道的扶手，去掛急診、做檢查，舒倩懷孕了。

一個花季女孩，談了一場難以忘懷的戀愛；一個要強的女孩，為了心中的理想和抱負，和心愛的人分手；一個孤勇的女孩，此刻，懷孕了。

舒倩回到了家，每天望着院子發呆，這是和他一起生活過的地方。

舒倩不知道自己的選擇對不對，老天似乎和自己開了個天大的玩笑，自己的理想和抱負還沒有施展，還有很多事情想做，可怎麼就懷孕了？

悲傷、無奈，舒倩憤恨老天的不公，憤恨自己的無能，甚至憤恨自己的女兒身。懷孕的女孩，是找不到工作的，帶着孩子的女孩，找起工作來，更難！

一年的休養，也不知該說幸運還是不幸，竟然生下了一對龍鳳胎。

舒倩從深山貧苦家庭，一步一步，考上名牌大學，變成了人人羨

慕、人人敬仰的優秀人才，難道就因為有了孩子，就要重新回到起點嗎？

舒倩該怎麼辦？

她帶着孩子來到了驅魔廟。驅魔廟有着古老的歷史，根據村子裡的傳說，在很久很久以前，有一隻成精的九尾狐狸來到這裡。九尾狐來到這裡時已經懷孕，趴在石頭上一動不動，村民們壯着膽子上前，九尾狐竟口吐人言：「人們，我並無惡意，只求你們行行好，給我些剩菜剩飯，讓我有力氣生下孩子，我必捨身相報。」

當時村民愚昧，認為村裡出現狐狸是不祥的兆頭，趁着天黑，幾個青壯年就拿着棍棒想打死九尾狐。

九尾狐和人們搏鬥，拼命護着肚子，可還是沒有抵擋得了人們的瘋狂。九尾狐的孩子被打掉了，自己拖着重傷的身體躲在了深山裡。沒多久，身子好了以後，就對村民展開了瘋狂的報復，那些傷過九尾狐的人無一倖免。無奈之下，其他村民紛紛讓自己的孩子認九尾狐為母，才平息了九尾狐的怒火，並建了這座驅魔廟，給村裡的人消災祈福。

「求狐母收下這兩個嬰兒，護佑他們平安長大。」舒倩向着狐母禱告，流着淚將孩子放在了驅魔廟門口，自己藏在金黃的麥子裡，等待着收留孩子的好心人。

過了沒多久，孩子的哭泣聲引來了村民，村民立刻報了警，孩子被送往了福利院。

舒倩再次走出了大山，奔赴到了上海。

在火車上，她不停的問自己：自己的倔強、堅持，對嗎？

她不斷地反問，懷疑自己，檢討自己，但很快就擦乾眼淚，她相信未來就是一張白紙，等待執着，等待追逐，等待堅持，等待這些美好的努力，最後畫下一張燦爛的畫。

到了上海，她發現這裡和廣西完全不一樣，像自己這樣的高學歷人才，在上海一抓就是一大把，自己引以為傲的學歷，成了面試的最低門檻。租着一個只有幾平方的隔間，工作一找就是找了一個月，依然沒有一家通過的。唯一能夠寬心的是，舒倩從老家得到消息，兩個孩子被一個美國家庭領養了，想必孩子們會過上很好的生活吧。

舒倩開始不斷的努力，白天面試、打零工，晚上瘋狂學習，補充自己。功夫不負有心人，舒倩如願進入了世界五百強企業任職，擴大了自己的朋友圈和認知，在上海站穩了腳跟。後來趕上了好時候，和幾個朋友合夥創業，有了成績，也確定了新的戀人。

舒倩初到上海時，就認識了田川。在十分狼狽的生活裡，是田川給了她很多幫助，但舒倩一直刻意和田川保持着距離，更是把自己的過往裹得嚴嚴實實。

終於有一天，一次醉酒，舒倩主動打開了自己的心。舒倩對着田川痛訴着自己的過往，那一歷歷一幕幕又重新出現在舒倩的腦海裡，舒倩不知道自己的選擇是對是錯，迷茫，大笑，瘋狂，最後爛醉如泥。

第二天，田川向舒倩表白了。

「我不在意你曾經有過兩個孩子，因為無力撫養，被你送到了福利院。我也不在意你曾經有一段刻骨銘心的愛情。那都是過往，我懂你，我理解你，讓我做你這輩子唯一體諒你的人吧。」

田川和舒倩結婚了。

婚後不久，舒倩又生下一個女兒，田舒。田舒長大後去了美國留學。

舒倩婚後，經常問田川，「自己的這些年的堅持對嗎？」

田川總是會安慰舒倩，告訴她：「你把父母接到了城市，你給家鄉修好了公路，通了電和網絡，你長期資助貧困兒童，幫助福利院，你創業的公司給需要資助的大學生帶來了就業的機會，你幫助了很多很多人。」

她選擇了遺忘，但老天似乎又給她開了個天大的玩笑。

田舒在美國戀愛了，好巧不巧，女兒口中那個很優秀、很勤奮的華裔男孩，正是當初被自己丟在驅魔廟的兒子。

田舒和舒倩大吵了一架，然後如當初的她，背着書包，拖着行李箱，孤身一人去了遠方。

田川理解舒倩，在田川的努力下，她和曾經的一雙兒女以及他們的養父母，坐在了一起。餐桌上，田川和她兩個「外人」，聽着對面一家人說着生活中的趣事，言語間、眼神中，盡是溫情和愛意。

她沉默良久，說道：「我們並不想打擾你們的生活，知道他們過的好我們就安心了。也祝福你們一家幸福美滿。」

舒倩將公司暫時交給了田川打理，自己回到了老家。

看着那藏在歲月裡的滿天繁星，不求與子偕老，只願歲月共好。

馬路飛的故事

我喝着咖啡，聽着好朋友馬路飛講他的人生經歷。

畢業那年，假借考研究生為由，馬路飛在家中虛度了一年的時間，每天起早早睡晚晚，好像看書的時間格外的多，但最終還是沒考上。

其實原因，估計很多人都一樣，就是心不在焉，學習效率超級低，趕上了好時候就還能背幾個單詞，要是不好了，眼睛看着書，腦神經就飄向了外太空，把自己老了以後怎麼辦都想一遍。其實真的想考個文憑，雖然考上了也學不到東西，但是證明學歷的那個紅燦燦或者是什麼燦燦的本子真的很有用。別說工作了，相親的時候都能幫大忙。女生的父母實在執拗不過孩子的時候，就自己安慰說沒錢的窮學生沒事，有學歷估計就有前途，潛力股。

晃晃悠悠，時間就這麼滴滴答答的流，有時候覺得有點慌，歲數那麼小，不工作不學習也要抓緊時間好好玩啊，玩也不會玩，這才覺得空虛。後來家裡做主的人終於看不下去了，「啃老族哦，永遠自以為年輕，不給我上學，還不給我工作。」「給我，給我……」好多哦。

後來馬路飛自己就對着鏡子絮叨絮叨，覺得塌下心來學習書本上

這些死知識好像不太靠譜，還是早點開始廝殺好了。反正早晚要打打殺殺。

沒脫俗，經人介紹進入了一間媒體。於是開始瞭解一個新生態。奇怪又平常的事情開始陸陸續續來敲門，馬路飛也開始漸漸打開大門試着去認識這個——「看不懂的生態」。

「好傢伙！一進公司馬上一個下馬威啊」。面試的是當時北京站的站長，一個瘦瘦的老男人。

「剛畢業？」

「嗯，剛畢業。」

「沒有工作經驗，大學畢業。」

「大學的時候實習過，去北京電視台二套節目，做娛樂。」

「哦，英語怎麼樣？」

「大學英語四級吧，沒出過國，簡單對話行，說多了不行。」

「嗯，還挺誠實，有些人說自己英語特別好，結果一試，狗屁不是。」

「你也知道，你這個學歷，這個資歷，按說我們這裡是不要的。」

「別啊，您得多給年輕人機會啊，或許工作起來能不同凡響呢。」

「那你先出去，在 1 分鐘之內自己命題寫一條消息吧。」

20 秒。

30 秒。

……

「好了，給您。」

「你這是什麼啊？最多是個簡訊。你是學新聞的嗎？這也太差了吧？重新寫去，馬路飛要消息。」

「嗯。」（迷茫中）。

「給您，有導語的。」

「哎，真是不怎麼樣。算了，算你過了吧！」

就這樣，一篇自命題的甲型 H1N1 的不知道消息還是簡訊的東西，再加上一篇 NBA 的體育消息，跌跌撞撞，馬路飛就闖入了這座奇妙的古堡。

培訓的課程就是跟着比馬路飛早來的同事學習實際操作部分，新聞業務。從大街上採訪路人開始，除了一些提問技巧需要不斷補充學習之外，與陌生人打交道，自認為不算難。

很快，有一次參加記者會的機會，衛生部甲型 HINI 的記者會。學生時代哪管這些地方每天都放什麼屁，一工作馬上接觸，覺得還挺酷。

中央的部委誒，咱也進去一下不但湊個熱鬧，再爭取個罕見的發言權。想的正好呢，剛要進入發佈會現場，結果──

女生就是麻煩，關鍵的時候更麻煩。不早不晚，大姨媽來了！身上什麼都沒帶，附近又沒有便利店。一生氣，回家！還好沒有太沮喪。

因為不久就有了獨立去外交部採訪並且發新聞的機會。慢慢地開

始熟悉了工作的流程。外交部、商務部、國新辦、國台辦等等，經常出沒。

怎麼寫會議新聞也在摸索中不斷補充經驗。就這樣，突然覺得比在家碌碌無為有意義多了。

一天天的蹭蹭得過，混社會之後覺得時間過得是真不慢。早晨好像喝醉了，晃晃悠悠掀開被子，看看錶，然後改變節奏，春夏秋冬不分季節的衣服扔一床，各種玲玲當當的小物品擺一桌。

「好了沒有？快點，每天都一樣，也不知道磨蹭什麼呢？」

「哎呦，快了快了。」

媽媽的上下班時間超級自由，所以馬路飛就可以享受接送的超級待遇。只是北京的交通，嘆為觀止！還好馬路飛跟媽媽話都比較多，不同的話題一侃就是一個多小時。工作情況、感情狀態，聊高興了開開心心，意見不統一就不歡而散。

擁堵的二環路是每天的必經之路，也是整個北京城裡每個人提到，都會痛恨，都會驚恐的著名「紅燈區」。從天朦朦亮到星星月亮掛滿天，整條二環就沒綠過。上它的人都相當的無奈，相當不情願。而今紅燈區的範圍還正在擴大中。一提交通心裡都堵得慌。

公司沒多久就人事變動，瘦老頭走了，對他的評論褒貶不一，有的說他賺了不少老闆的錢，有的說他新聞業務真的不錯，給手下的兄弟整了不少實惠。不但他走了，沒多久台裡的老大也走了，也是一個老頭，

大老闆權力下放，他掌權。據說挺狠的，手很硬，首先調整了大家的薪資，兩岸三地各有記者駐站，雖然公司人不多，但是薪資水平差很多。比如有人輕輕鬆鬆一月5萬，有人累得半死，一個月3千。級別沒差幾個，錢差得跟後媽生的一樣。

這一波英雄的事蹟馬路飛不甚瞭解，剛進來混，沒多久就大換血。風言風語一籮筐，老大怎麼能說換就換呢。這間公司很有料！

新官上任三把火，一燒發稿率，二燒緊迫力，三燒執行力。北京站的新任站長是伯樂一名，於是「潛力（千里）馬」被小鞭子抽打，開始一路小跑前進。

風風火火的日子就此翻開了第一頁。

2009年10月1日，中華人民共和國成立60周年。60周年一甲子，藉此舉行隆重的慶典，來展示中華民族60年，尤其是改革開放30年以來的發展成果。

閱兵可以增強中國各族人民的民族自豪感、自信心。也向世界展示中國的國力、軍事實力，對於國內外的敵對勢力也是一種震懾。2009年，中國製造業增加值超過美國，至於大家津津樂道的2萬億儲備，正是靠中國國民，尤其是3億農民工在低福利的條件下，完成了奧巴馬總統眼裡的國際貿易不平衡——這個世界，讓美國人在高福利中高消費，中國人在低福利中還要勤勞苦幹的事情是不可持續的。（一副政客演講的姿態，還得是有能力的政客，一針見血）站長8月開始籌劃，9月總

部來了 3 名同事支持。每人提供選題，有關 60 年大慶的系列報導。馬路飛就一直偷瞄別人的選題，都在不斷用陳芝麻爛穀子的老套路，想自己的新點子。

兩則：一是當年，1984 年 10 月 1 日，35 周年國慶首都群眾遊行時，北京大學遊行隊伍行進中突然展開一條「小平您好」的橫幅，畫面瞬間傳遍全世界，並被新聞攝影記者牢牢地定格，成為共和國歷史上珍貴的記憶。頗費周折終於找到了當年那些熱血青年，有的是名牌大學裡的哲學系教授，有的在美國官方醫療機構從醫，大家聚在一間小小的賓館房間裡，開始回憶那天的驚心動魄。

他們都是北大的學生，在那個年代，大學生都是年少輕狂，衝動的典型，沒別的，就是想向小平問好，一條床單，幾個年輕人的熱血，就引起了轟動。洋洋灑灑將近 3 分鐘的小專題做好了，採訪出鏡，現在看看感慨頗多。

另一個專題，大紅燈籠高高掛。中國人喜歡大紅燈籠，逢年過節到處都是大燈籠，天安門廣場，長安街。大的小的滿堂彩。馬路飛的專題不是講街上的燈籠，而是生它們的地方。就在北京郊區的懷柔，叫紅廟村，大家都叫燈籠村，生意超級好，滿城盡是紅廟的燈籠。家家戶戶都會做燈籠，還是祖傳的手藝，在這個燈籠村，馬路飛也知道了什麼是走馬燈，平日裡說這個人來來回回的走都不閑着，就說他是走馬燈。居然還真的有這種小燈，幾個小人物圍着一個中心物旋轉，整個燈是一個

手可以拿住的大小。這就是民間的手藝，在民間持續發酵。又有多少人知道呢。拍來拍去的做成了小片子，僅限播一次，不夠漂亮，很多缺陷，不足以重溫。

大半個月的新聞都是有關國慶的準備，煙花、安保、閱兵等等等，因為馬路飛是菜鳥一枚所以沒有機會最終進入天安門廣場，只是一直在周邊當個小蜜蜂，到處採蜜。為了得到閱兵綵排的神秘畫面，站裡安排一組同事住在了北京飯店的一個高層房間，從陽台偷跑全過程。除了央視，每家媒體手法都一樣，這時候拼的是對長安街的熟悉度、公司的財力、拍攝的技術、記者的軍事知識。聽說，住進去之後，出入很緊張，都要驗明正身。國慶的安保工作接近滴水不漏，所以有一點風吹草動，整個安保系統的神經都會緊到連個蒼蠅蚊子都要檢查三遍，無論什麼警察都齊上陣了。

國慶時最能烘托氣氛的就是焰火的表演，在正式演出之前，連着綵排了三次，馬路飛都會偷偷摸摸的找到天安門廣場附近的置高點抓鏡頭。天安門附近仍然保留着一些小巷子、小胡同，胡同的名字也是多種多樣。找到高點可不容易，哪有高樓？有了高樓拿着機子、設備，人家又怎麼會給馬路飛們拍呢？那個時候公司還沒有配備 3G 網卡，小旅店可以上網才能發回報道。馬路飛和同伴走了一陣子，恍然發現個四層高的小旅店，進去跟老闆溝通了好久，終於得到了允許，好像危房的小酒店往上爬一爬卻看到了一個天台，剛好符合要求。走了半天還沒有吃

飯，同伴跑去包子舖買了兩個比馬路飛拳頭還大的包子，填飽肚子後，等待天黑。

黃昏了，回家的人流開始多起來，因為要封路，為綵排開綠燈。馬路飛們被封鎖在了小巷中，還好找到了棲息地。小旅店也開始熱鬧起來，外地遊客都回到房間，準備晚上上天台湊熱鬧。

夜幕降臨，這才發現，天台上沒有燈，沒辦法出鏡，攝像機的電不夠。攝像大叔（外號）自己跑到隔壁小賣店，買了一個夾子式的床頭燈，先應急。小小的天台擠滿了住店的遊客。「砰！砰！你看你看，下面的中國國家大劇院被焰火擦亮了。「被打散的煙花，紅色、綠色、紫色、五彩色，夜空除了被照明，還伴隨着像霧氣一樣的煙塵。煙花美但

是煙塵就……」這說法太俗套。月有陰晴圓缺，此事古難全。

「3，2，1！」同伴給馬路飛比出 OK 的手勢，示意馬路飛在煙花四濺時出鏡。「是的，主播，畫面中可以看到，第三次煙花綵排已經開始，整個夜空被成百上千發煙花彈照亮了（然後接現場觀眾的採訪）。」

說到觀眾，真的多虧了他們，大家頓時都打成一片，他們對馬路飛的職業好奇，馬路飛對他們的遊客身份竊喜。因為採訪他們是馬路飛另一個需要的環節，另外同伴大哥買的床頭燈沒人幫忙舉，只好依靠廣大人民群眾了。

忙忙呼呼到了 12 點多，道路封鎖也開始漸漸解除了，但是一時半會也沒有車能進來載人，於是拿着大包小包走啊走啊。

各種各樣採訪中的奇聞異事可多呢，外採新聞通常趕給兩文件新聞節目，為了順利播出，大多在現場傳送，現場錄同期聲，配音、剪片子、網絡，缺一不可。但是現場經常沒有地方收音，這個還好解決，配音的問題就出了很多笑話。雖然對聲音的品質要求不高，但最起碼要乾淨的聲音，每次為了乾淨這兩個字，總是要不乾淨，例如爬到桌子底下，躲到女生衛生間，拿衣服把自己的頭罩住，找各種沒有回音並且安靜的死角等等。殊不知要在各種場合做這種感覺很丟臉的事需要勇氣，不過每次都是被時間逼到牆角了才有這樣的情況，因此這種事也就沒那麼在意。剪片子的部分是由同伴來處理，這個不用擔心，除了新人需要磨練，資深一點的都是急速幾百秒的好手。

網絡，網絡！網絡是一大難題，除了各種大會，其他特殊場所，都會出現便秘的情況，災區更不用說了。真的便秘，開塞露可以解決，瀉藥也能緩解。可是網絡有時候真的是疑難雜症。好啦，還是很熟悉的話——隨着經濟快速騰飛，人民生活水平的提高，在要求物質水平不斷升級的同時，對精神財富的追求也日益顯現。因此對於網絡的認知和渴求，開始像海嘯一樣吞噬整個陸地，不同的是海嘯的威力過大，有利的方面基本被忽略，而網絡的利弊可就爭議多多了。扯遠了，總之網絡技術不斷更新，蹦出的 3G 網絡，真的給馬路飛們解決了不少難題。

六十年大慶在一陣紛紛擾擾中渡過了。這麼大的排場，能夠參與報導，榮幸之至。

之後的幾個月馬路飛開始了飛行的日子。也是馬路飛這麼多年來的生活中，最精彩的部分。很艱辛又富有挑戰，刺激。

2010 年上海世博會，全世界的焦點。雖然 5 月 1 日開幕，但是之前有很多外國嘉賓的訪問行程，還有各種倒數的活動，慶祝距離世博還有 100 天，馬路飛開始頻繁的往返於北京與上海之間。

除了每次參加世博的活動，期間還有奧巴馬總統訪華到上海的行程。

應國家主席胡錦濤邀請，美國總統奧巴馬 15 日晚乘專機「空軍一號」在雨夜抵達上海浦東國際機場，開始對中國進行為期 4 天的國事訪問。這是奧巴馬今年 1 月就任美國總統後首次訪華。23 時 26 分，奧巴

馬走下舷梯，同迎候在那裡的中國駐美國大使周文重、上海市副市長楊雄、唐登杰等中方官員一一握手。一名上海少年向奧巴馬獻花。前後不到 30 分鐘的接見，可苦了記者們。那晚的上海很冷，為了迎接空軍一號，大家下午 5 點多就在人民廣場集合，前往浦東國際機場。經過脫衣掃描層層安檢，雨夜裡站在路邊等待大巴車把眾位記者載到候機室，等待就成了那天的主題。為此馬路飛還拍了一個花絮，這些記者們都睡成一片，側倒 45 度，嘴成半開狀，口水在嘴角倒掛着，手裡還拿着筆記本，電腦就在旁邊。因為電源在牆邊，所以不少人都坐在地上抱着電腦。感覺很有趣，也很可敬。

距離有點遠，看到奧巴馬一個人下了飛機，腳步很輕盈，之後還見了他幾次，近距離、遠距離，氣場很大。黝黑的膚色感覺很健康，很有 power。

再一次來到上海，是報導兩岸濃漁水利的會議，全國政協主席操着口音的賈慶林，邁着沉着的步伐出現在大家面前，伸出右手，微笑。用不太標準的普通話對台灣政客親民黨主席宋楚瑜說「歡迎你」。劈里啪啦快門一陣亂響，攝像機聚焦一點。分級別按先後握手示意後，各就各位開始長談發展。「兩岸的關係一直在不斷的發展，我們看到了令人欣喜的成果，可喜可賀。今後我們要增加合作不斷推進兩岸關係朝着良好的方向繼續發展。」

除了上海還有寧波。要說寧波這個城市，是中國浙江省第二大城

市，寧波建城於 738 年，但有人類居住的歷史可以上溯到新石器時代。寧波擁有長期的經商傳統，寧波商幫是全國聞名的商幫。航運和對外交流歷史悠久，最遠可以上溯至戰國，是海上絲綢之路的重要門戶。文化上是中國文化部批准的全國歷史文化名城，寧波港是中國貨物輸送量第一大港口，集裝箱輸送量則列中國大陸第四。寧波市分別被定義為長三角南翼經濟中心和浙江省經濟中心。但是，如此優越的地方，人民的生活看上去或許富裕，但是當年城市中的建設，比如道路兩旁的古建並不太多見，現代的建築也是稀稀落落。在馬路飛看來，當時更像個小漁村。算了，別總是數落人家的缺點，因為是走馬觀花，工作時間怎能遊玩？因此只能依當時的直觀感受評論幾句，沒有什麼依據，況且也過了許久了。

　　時間快快的過，轉眼間 12 月 20 號澳門回歸祖國十週年在即，台裡來了新台長，決定要全程直播 40 個小時回歸特別節目，各個外站都有抽調同事來總部支持採訪工作。原本這麼盛大的工作不需要馬路飛的參與，但是因為另一位同事去哥本哈根出訪了，所以就悄無聲息的落在了他的頭上。好嘞！從來沒有到過總部，這一次有機會認識同一戰壕的兄弟，實在是有點小激動。

　　2006 年曾經以大學生遊客的身份踏上港澳的土地，行程太滿了！走馬觀花，印象最深刻的不過是香港的繁華，城市的快節奏，鴿子窩一樣的住宅，澳門的賭場，滿天飛東南亞小姐的照片，年久失修的民宅建

築。匆匆忙忙，哪也不知道，還要跟隨旅行團的步伐。美食吃的並不多，因為旅行團的餐食沒什麼好吃的東西，倒是便利店的豆腐冰淇淋給馬路飛留下了深刻的印象。只可惜，這一次他再來同樣的地方，卻找不到這間店了。不過這次除了再次包攬世界文化遺產之外，關鍵的工作就是支持 40 小時的直播。因為馬路飛是公司入職沒多久的新人，所以能夠獲得第一個出鏡做假連線記者的機會，北京站站長看了很開心。思路還算清晰，第一次做了一些功課，效果不錯。真的現場連線要用到海事衛星，價格很貴，短短幾秒、幾分鐘，就要幾萬或者更多，而且很考驗記者的現場功力，所以起初都是給資深的記者用。後來經過幾次之後，馬路飛的出鏡得到了認可，隨後又做了幾次真連線。由於沒有經驗，所以真連線中也出了不少糗事。比如，信號還沒切回棚內，馬路飛就開始嘻嘻哈哈等等。總部的工作環境，當時感覺很和諧，大家都很拼，上上下下都在忙，最後還拍了大合照，一派欣欣向榮的景象。馬路飛也給大家留下了不錯的印象，大多數人認為，他是個很不錯的小伙子，沒有什麼不好的評價，除了太年輕之外。

打響第一炮之後，接下來就是全國每年一次的兩會，2010 年 3 月 3 號政協開幕，3 月 5 號人大開幕。其實在跑兩會前對於兩會瞭解並不多。雖然生長在北京，對政治多少有瞭解，家人也有在政府單位工作，可是要採訪兩會，還是很寬泛，摸不到頭腦。

站長開會，分配任務，4 組記者，一組在會場裡，一組堵部長以上

級別的官員，兩組在週邊堵話題焦點人物。馬路飛自然是在周邊，參與到了兩會時特有的人民大會堂外，一股股的旋風運動。一旦出現了焦點人物，有人衝上去採訪，就會裡三層、外三層，成龍捲風狀。有的記者也不知道採訪的是誰，先收音再說，訪完再互相問。因此兩會的花絮新聞也是一道風景。大會小會，通過的新草案，新意見，各地方縣市在過去一年發生的重大事件，都是被重新提起的最好時機。

兩會中的收穫是通過海南的毒豇豆事件，與海南省長第一次接觸。通過海南的免稅商場等新聞，與海南省省長、省委書記再次面對面交流，之後再見面的時候都會互相打招呼，可是現在已經不跑新聞，因此恐怕這位省長早已不記得小生了。兩會共有十幾天的時間，大家每天都在爭取曝光的機會，在各種大會上爭取提問，增加本台知名度。海南團有收穫，但是廣東台就吃閉門羹。黃華華省長出來，本來大家都期待能有機會，廣東團每年都很熱。但是這次他們似乎是下定決心，肥水不流外人田，獲得提問機會的都是廣東省當地的媒體。大家都用出想要摘月亮的心情把手舉高高，但是能被點到提問的機率，也好像摘月亮一樣，怎麼可能？

「能不能給省外的記者一個機會啊？」有大膽的記者希望給自家媒體爭取一次機會。

「好，這位。」朝着發言人手指的方向望去。「謝謝，馬路飛是中央電視台的記者。」

　　媒體記者並不像是平常人想的那樣，想採訪或提問誰，就能隨意採訪提問的，都是各個媒體爭來的。

　　兩會期間，每天的作息與辛勞的農民伯伯基本相似，不同的是，不但起大早還要睡很晚。一大早在各分會場等着各路人物的出現，按照報導方向的安排去獲得受訪者吐露的訊息，爭取第一時間同聲傳譯給大家。其實這裡面太複雜，要篩選、歸納，前提是能夠抓到想要採訪的對象，這大多都要碰運氣。當然大會也會在形式上告訴大家，想要採訪代表或委員都可以填表申請，但是要知道這感覺，和投簡歷沒區別，被允許的採訪機會，兩會期間沒有一次。

　　說起兩會，短短十幾天的時間，媒體同行像一塊塊分落的磁鐵，被各位代表和委員吸引過去。大家相互認識，相互提供信息，每個人都在工作時神經緊繃，在寒冷的初春，兩會熱氣騰騰。

　　兩會結束了，苦差之後的一個美差隨之降臨，在三亞召開的博鰲國際旅遊論壇，每天發稿量一條或兩條即可。主辦單位安排的住宿條件不錯，亞龍灣海邊面朝大海的星級酒店可是不少，看着或藍或綠的大海，沙灘上奔跑亦或是慵懶的人們，心情無比舒暢。晚上很多同行都會一起打的士去吃海鮮，之後的夜生活就更是豐富多彩，徹底的由心底呼吸，放輕鬆。當然其中的小插曲還真是不少，有同行對馬路飛表達了善意，也表達了情意，現在他回想起來覺得，那時候好像又回到了學生時代。不過老實本分的他，在當時正與一個台灣人關係緊密，但因為工作

或者地域問題，關係的昇華有些困難。但那時沒想太多，因為工作出差很頻繁，而且人心未定，所以在三亞，吹着海風和一個香港同業聊到很晚，才回房間休息。他第二天一早的飛機回香港，因此那一次大家都留下了聯繫方式。後來會經常聯絡聊天，但關係似乎一直都維持現狀，停滯不前，也許都是拜行業特點所賜，到處跑，總是讓心靜不下來。如今已經結婚的馬路飛，想起當時的生活，還是有一種炫耀的衝動，只怪自己還年輕，掰着手指還能算得出年歲，不過有時候的確有點孤芳自賞的意思。

每年一次的博鰲亞洲論壇，原本與三亞無緣，但本人就是覺得到了海南不算完，深入三亞才圓滿。博鰲亞洲論壇來了，又是同行的聚會，大家再次碰面，會議中的小事已經記不清了，好笑的是工作之後在三亞休了一個小假期對這段記憶也不是太清晰，現在想想還是人不對，否則不會記憶模糊。

就在三亞休假的最後一天記憶深刻的事件從天而降，馬路飛接到公司總部打來的電話，2010 年的 4 月 14 日青海省玉樹藏族自治州玉樹縣，發生 6 次地震，最高震級 7.1 級，因為地處高海拔地區，接到赴災區採訪的任務時，心理有點 hold 不住的感覺，工作似乎很艱巨，猶豫之中從三亞先飛回了北京。馬路飛的老媽聽到這個出差的消息，顯得很淡定，堅毅地對他說：「去吧，把行李收拾好，帶齊必備用品。」

回北京的第二天一大早馬路飛就和同伴一起到機場準備前往青海

的省會南寧，然後轉往玉樹。

記者的生活，就是每天四處奔波，爭着搶着去挖熱點，做採訪。馬路飛看到、聽到過太多的人和事。不同的人，不同的人生，沒有任何人能去評價，是好還是不好，那是每個人的經歷。我想，每個人都是隨着命運在起舞，無論什麼樣的舞台，只要是你在跳舞，坦然接受，自得其樂就好。

結語

我們所有人，就像一條條源遠流長的河。有着豐富的經歷，不息的情懷。有時跌宕起伏，有時涓涓流淌。隨勢而下，不可停，不可擋。落花有意隨流水，惶恐灘頭又分支。清風吟，柳岸茵茵。奔過高原，滑過平川，見過無數的風景。聚水成冰，想停一停，熬不過烈陽高照。

有過清澈見底，有過污泥暗沉。曾經的河裡，藏過魚蝦成群、珊瑚繽紛，也藏過礁石縱橫、怪石嶙峋。繁星倒映在河裡，帶起了陣陣的漣漪。鳥兒常常貼着水面飛行，想偷窺河心的模樣。

也曾水龍捲追逐過天空，也曾全身心流進過大海的懷抱。波瀾壯闊，帶着淚和歡笑。

這一個個的故事，是不同的人生。我們每個人都是馬路飛採訪的一個人物，不多不少，剛剛好。

隨着夢想漂泊，隨着人生起舞，隨着心而愛，去感受。

期待你的故事。